Ryuichi Nagare
「楽園の蛇」

司は自分から腕を回して、佐季を抱きしめた。
強く、全身で包み込むように。
今までたくさんの人間が佐季に触れてきたけれど、
そんなふうにした人は一人もいなかった。
（本文 P.117 より）

Chara

楽園の蛇

神様も知らない2

高遠琉加

キャラ文庫

この作品はフィクションです。
実在の人物・団体・事件などにはいっさい関係ありません。

目次

口絵・本文イラスト／高階 佑

丘の上のお屋敷には王子様が住んでいる。

赤い実が綺麗《きれい》だった。濃く深い赤色で、つやつやしていて、血みたいだと思った。佐季《さき》にはそれが、とてもおいしそうに見えたのだ。だっておなかがすいていたから。

ずっと歩き続けて、もうくたくただった。ここがどこなのかよくわからない。いつのまにか道は上り坂になっていた。足は疲れて棒みたいで、おまけに膝《ひざ》をすりむいていたけど、佐季はどんどん坂道を上っていった。その方が人が少なくなったから。

上るにつれて、家々の庭や周囲に鬱蒼《うっそう》とした緑が増えていった。大きくて立派な家ばかりだ。緑がアスファルトに濃い影を落としている。歩いている人はあまりいなかった。街全体が、しんとしていた。

佐季が住んでいる、民家やアパートや商店がごちゃごちゃと建て込んだ住宅街とは違う国みたいだった。外国の映画に出てくるような家がある。大きな十字架のついた建物も。ここは家から地続きで、佐季は歩いてきたのだけど、どこか知らない国に迷い込んだ気がしていた。

もう歩けない。

痛む足に耐えきれなくなって、佐季はその場にしゃがみ込んだ。膝がずきずきする。

「……いた」

すりむいた膝には血が滲《にじ》んでいた。血が丸い玉になって、つうっと流れ落ちる。舌を出して、傷口を舐《な》めた。口の中いっぱいに鉄錆《てつさび》の味が広がる。

(おなかすいたな)

足も痛いけど、おなかも痛い。もう腹の虫も鳴かなかった。空腹でたくさん走ったせいか、胃がキュウッと痛んだ。

食べ物を買うお金はなかった。父親がおいていったお金はなくなってしまったから。父親はもうずっと帰ってこない。そういうことはこれまでにもあった。

あんまりにもおなかがすいて、佐季はスーパーで菓子パンを盗んだ。けれど店員に見つかってしまい、逃げる途中で転んで膝をすりむいた。その時にパンも落としてしまった。追いかけてくる男の人は大きな声で怒鳴っていて、怖くて、ただ無我夢中で走った。そうしたら、知らない街に迷い込んでいたのだ。

おなかがすいた。喉《のど》が渇いた。痛い。痛い。痛い。

(……もう)

もう、なんなのかわからない。子供の佐季には言葉が見つからない。ただ腹に両腕を回して、ぎゅっと押さえた。

その時、視界の端で何かが小さくきらりと光った。

しゃがみ込んでいたのは、大きな家の門の横だった。家の周りはぐるりと塀で囲われている。でも、門の柵越しに中が見えた。

広い庭だった。たくさんの木が植わっていて、花の咲いている木もある。花は花壇にも咲いていた。赤。白。黄色。

その一角に、赤い実がなっている木があった。さっき光ったように見えたのは、太陽の光が実に反射したらしい。

つやつやと赤い、綺麗な実だった。ひと粒ひと粒は小さくて、鈴なりにたくさんなっている。

（……おいしそう）

ずっと走ってきて、走れなくなったら歩いて、からからに渇いた喉がコクリと音をたてた。

佐季は立ち上がって、門に手をかけた。でも鍵《かぎ》がかかっている。門は鉄でできていて、上の方は槍《やり》みたいに尖《とが》っていた。周りを囲った塀も高くて、子供の佐季にはとても乗り越えられない。

門の内側には石畳の小道が伸びている。その先に、どっしりと大きな家があった。屋根がチョコレート色で、古びた壁に蔦《つた》がはっている。やっぱり外国の家みたいだ。

――こんな家には、どんな子供が住んでるんだろう?

そう思ったのは、ブランコがあったからだ。白くてかわいいブランコだった。庭にブランコがある家なんて、佐季は初めて見た。

(絵本の中の家みたい)

大きな家。花の咲く庭。赤い実と、白いブランコ。

佐季はただぼんやりと家と庭を眺めていた。だから、すぐそこの繁みがガサガサと鳴って小さな頭が飛び出てきた時、驚いて「わっ」と声をあげて飛びのいた。

「――」

繁みから顔を出したのは、男の子だった。

佐季と同じくらいの年の子だ。真ん丸な目を大きく見開いている。門越しに佐季を見上げて、口をひらいた。

「ねこ、見なかった?」

佐季はぱちぱちと瞬きをした。

「え?」

「ねこがいたんだ。ミャーって声がしたの。だからさがしてたんだけど」

「……」

男の子は自分も猫みたいに四つん這《ば》いになっていた。手や膝が土で汚れている。髪に葉っぱがくっついていた。

「……しらない」

佐季は首を振って、一歩うしろに下がった。すると男の子は、「あっ」と立ち上がって門に近寄ってきた。

「ケガしてるよ」

佐季の膝を指差す。膝からはまだ血が流れていて、靴下に染みを作っていた。

「こんなのなんでもない」

佐季は指先に唾《つば》をつけて、ぐいと傷口を拭《ぬぐ》った。昔から、小さな傷は舐めて治してきた。猫だってそうする。こんなのなんでもない。

「……いたくないの？」

男の子の顔が、心配そうに曇った。

大きな、真っ黒の瞳だった。まっすぐに佐季を見ている。白いすべすべした頰《ほお》。さらさらした髪。白いシャツの袖《そで》を無造作に土で汚している。

「……いたい」

ふいに佐季の口から言葉がこぼれた。どこかでぷつんと糸が切れたみたいに。

「痛い。痛い。痛い。痛い」

いったん外に出ると、言葉は次から次へとこぼれた。くしゃりと顔が歪《ゆが》む。石つぶてを投げつけるように、その子に言葉をぶつけた。

「痛い…っ」

男の子はびっくりした顔をして、背伸びをして急いで門の鍵をはずした。

「てあてしなくちゃ」

道に出てきて、佐季の手をつかむ。あたたかくてやわらかい手だった。

「うちにおいで。ね？」

「……」

佐季が何も言えないでいるうちに、男の子は佐季の手をひっぱって、どんどん門の中に入っていった。

中に足を踏み入れると、いっそう緑の豊かな庭だった。名前を知らないいろんな植物があって、小道があって、葉陰にベンチやブランコが置かれている。空気はかすかに甘い香りがした。

「ママを呼ばなくちゃ」

家の玄関に向かいながら男の子が言った時、佐季はぐいと手をひっぱって、足を止めた。

「おとなは呼ばないで」

男の子は振り返って、不思議そうな顔をした。

「どうして？」

「どうしても」

「……」

首をかしげて少し考える。それから男の子は、「わかった」と頷《うなず》いた。

「じゃあ僕、おくすり箱持ってくる。ここで待っててね」

佐季の手を放して、ぱっと駆け出す。佐季はきょろきょろとあたりを見回して、さっき見つけた、赤い実のなっている木の下に行った。

そんなに大きくない木だ。実はすぐそこに手が届く。見上げていると、男の子が胸に救急箱を抱いて走って戻ってきた。

「ママには言ってないよ」

頬を赤くして、はあはあと息を切らしている。佐季は赤い実を指差した。

「これ、さくらんぼ?」

「ううん。ジューンベリーっていうの」

「ジューンベリー……」

やっぱり外国の果物みたいな名前だ。

「食べられるの?」

「食べられるけど、そのまんまだとタネがあるから……ママがジャムにするんだ。おさとうをいっぱい入れてもらうと、甘くておいしいよ」

佐季は想像してみた。砂糖のいっぱい入った、赤くて甘いジャム。どんな味なのか、想像もつかなかった。この家も庭も何もかも、佐季の生活とはかけはなれた、夢みたいなものに思えた。

男の子は佐季より少し背が小さくて、でも痩《や》せっぽちの佐季よりずっと健康そうに見える。いい服を着ていて、黒い瞳がきらきらしていて、頬は薔薇色《ばらいろ》だ。とてもかわいい子だった。

(絵本の中の王子様みたい)

坂の上にある、大きなお屋敷に住む王子様。

「すわって」

言われるままに、佐季は地面に座った。男の子は救急箱の蓋《ふた》を開けて、真剣な顔で薬を取り出す。

「えっと、しょうどくして……あっそうだ、きずぐちを洗わなくっちゃ」

座ったかと思うとすぐに立ち上がって、ぱっと駆け出す。今度は洗面器に水を汲《く》んで戻ってきた。真剣な顔で運んでいるが、歩く時に水がこぼれてしまっている。佐季の前にしゃがみ込むと、手で水をすくって傷口を洗った。きっと怪我をしたら母親にいつもそうしてもらっているんだろう。危なっかしい手つきだけど、優しく丁寧だった。

それからスプレー式の消毒薬を吹きつける。「痛い?」と訊《き》かれて、佐季は首を振った。

「ばんそうこうをはって……」

大きな白い絆創膏《ばんそうこう》を、慎重な手つきで貼る。顔を上げて、男の子はにこりと笑った。

「これでよし」

「……」

佐季は黙って膝の絆創膏を見下ろしていた。すると男の子が、とても重大なことを思い出したという風に声をあげた。

「あっそうだ!　おまじないしなくっちゃ」

「おまじない?」

「ママはいつもするんだよ」

言って、男の子は佐季の膝に顔を寄せた。そうして白い絆創膏の上に、そっとキスをした。

「はやくなおりますように」

「――」

ヒクッと喉が鳴った。

傷はもう痛くはなかった。流れた血はきれいに洗われ、真新しい絆創膏にはまだ血は滲んでいない。ただ、靴下が赤く汚れているだけだ。

でも、痛かった。胸の奥の奥がきゅうっと痛んだ。

怪我をしたんじゃない。叩《たた》かれたんじゃない。おなかがすきすぎているんでもない。なのに痛くて痛くて、どうしてこんなに痛いのか、どこが痛いのかわからなくて、佐季はただ拳《こぶし》で胸を押さえた。

「…っ…」

「ど、どうしたの?」

男の子が目を丸くする。

「…っ、うッ……」

泣きたくなんかなかった。こんな怪我で泣いたりなんかしない。こんなのなんでもない。なのに、涙があふれてくる。

「う、うあ、あ、あっ」

こんなのなんでもない。なんでもない。心の中で繰り返すたびに、涙がぽろぽろとこぼれ落ちた。

「痛い？　痛い？　なかないで」

男の子が手を伸ばしてきた。自分まで泣き出しそうな顔をしている。

「なかないで」

膝を抱えてうずくまった佐季を、男の子は上からぎゅっと抱きしめた。佐季より小さいのに。

小さな体は熱く、かすかに甘い匂いがした。庭に漂う花と同じ香りだ。

「だいじょうぶだよ。おまじないしたからね。すぐになおるよ……」

男の子が耳元で繰り返す。その声が優しければ優しいほど、なぜかよけいに胸が苦しくなった。

どのくらいそうしていたのか、ようやく嗚咽《おえつ》が収まってきた頃、家の方で窓の開く音がした。

「――司《つかさ》」

女の人の呼ぶ声がする。きっと母親だろう。男の子が振り返った。

「司、どこにいるの?」

優しそうな声だった。佐季はさっと立ち上がって、声とは反対方向に後ずさった。

「うちにはいろ? ママがお菓子をくれるよ」

見上げて言う男の子に、口を引き結んで首を振る。濡《ぬ》れた顔を袖でぐいぐいとこすった。もう膝は痛くない。背中を向けて、ぱっと駆け出した。

「あっ」

男の子が声をあげる。

石畳の小道ではなく庭のすみを走って、佐季は門から外に出た。男の子は追いかけてこない。きっと母親に呼ばれて家の中に入ったんだろう。

門から離れたところで立ち止まって、丘の上の家を振り返った。

敷地を囲む高い塀。その中の別世界のような庭。風が吹いて木の葉が揺れて、緑の向こうにチョコレート色の屋根が見える。

(……どうして)

色とりどりのたくさんの花。白いブランコ。甘いジャム。母親の優しそうな声——キス。

ママはいつもするんだよ。

どうして、と思った。おなかの底から、熱い塊に突き上げられるように。

その塊に喉を焼かれて叫び出しそうだ。こんなに、こんなふうに熱い感情を持ったことはない。

どうしてこんなに違うんだろう。あの子と自分は同い年くらいなのに。おんなじ国に生まれて、おんなじ言葉を話して、ただほんの少し生まれた場所が違うだけなのに。

(……いつか)

佐季は無意識にぎゅっと拳を握っていた。爪が手のひらに食い込む。

いつか。

いつか、なんなのかわからない。何をどうすればいいのか、自分が何が欲しいのかわからない。

でも、いつか——と思った。

1

ネクタイを結ぶのが苦手だった。なかなかバランスよく決まらないし、面倒くさいし、何より首根っこに縄をつけられている気がする。

「あぁくそ」

龍一《りゅういち》は締まりすぎたノットに指を入れてぐいと崩した。時間がないので、そのまま寮の部屋を飛び出す。

冬の早朝で、寮内はまだ静かだ。勤務時間外に呼び出されるのはめずらしいことじゃなかった。龍一は神奈川《かながわ》県警山手《やまて》警察署の刑事課に所属している。刑事事件じゃなくても、待機寮にいると人手が足りない時に駆り出されることはよくあった。

でも、今朝は違った。麦田町《むぎたちょう》で、車の中で男性が死んでいるのが見つかったという。

(ひさしぶりに死体だ)

不謹慎なことはわかっているので、顔や口に出したりはしない。もちろん人が死んでいるんだから嬉《うれ》しいわけじゃない。けれど高揚は抑えられなかった。窮屈な警察学校に耐えて警察官になり、念願の刑事課に配属されたんだから、喧嘩《けんか》の仲裁や書類仕事ばかりじゃ体が内から腐りそうな気がする。

二月の朝の空気は凍るように冷たかった。現場は山手駅にほど近い、民家やアパートが建て込んだ区域だ。もう少し行くと坂道や階段が多くなり、さらには山の手の高級住宅地に続くが、このあたりはまだ古い家や店舗が多く残っている。

白い息を吐きながら半ば駆け足で行くと、狭い道に無理に警察車両が停められていた。すでに野次馬が集まってきている。龍一は制服警官に身分証を見せて現場に近づき、その場を仕切っていた地域課の警部補を見つけて駆け寄った。

「おはようございます。刑事課の流《ながれ》です」

「ああ、ご苦労さん」

最初の現場の情報収集は下っ端の役目だ。通報から現時点まででわかっていることを聞き、手帳にメモしていった。

「遺体はあの中だ」

警部補が顎《あご》をしゃくった先に、トタン屋根の車庫があった。その中の車が発見現場らしい。

龍一はざっとあたりを見回した。なんの変哲もない民家だ。けっこう築年数がたっていそうで、玄関の前に落ち葉が吹き溜まり、窓ガラスはくすんでいる。古いだけじゃなく、どことなく荒《すさ》んだ印象があった。

車庫もとりあえず壁と屋根があるというだけの代物だ。が、中にある車は洗車したばかりのように綺麗だった。スポーツタイプのクーペで、汚れが目立つ黒なのに家よりよっぽど手入れされている。

鑑識係がすでに仕事を始めている。鑑識の邪魔をしないように車体を回り込んで、開いたドアに近づいた。

運転席に男が横たわっていた。シートを水平に近いくらいに倒している。前に立ち、まず手を合わせて合掌した。それから白手袋をはめ、かがんで覗《のぞ》き込む。

第一印象は、綺麗な死体だな、だった。

目を閉じて仰向けになっている。死因はまだわからないが、外傷も暴行の跡も苦しんだ形跡もない、眠っているように綺麗な死体だった。肌もとても血色がいい。

それだけじゃなく、死体は非常に綺麗な顔をしていた。

損傷が少ないという意味じゃない。役者か何かのように整った顔の持ち主だった。服装は、普段着らしい洗いざらしのシャツにジーンズだ。

(……ああ)

死体の次に、すぐにそれに目がいった。

「練炭か」

背後から聞こえてきた呟《つぶや》きに、龍一ははっと身を起こした。

「梁瀬《やなせ》さん。おはようございます」

おはようさん、と返しながら、相手はポケットからハンカチを出す。横を向いて口を覆ってゴホゴホと盛大な咳《せき》をした。

咳を終えると、遺体に向かって手を合わせる。おざなりじゃない長さだ。龍一は遺体への礼儀をこの人から教わった。梁瀬はベテランの警部で、龍一の指導係だ。

「風邪ですか」

「どうも咳が止まらなくてなあ」

「ここんとこ冷えますからね」

梁瀬に場所を譲り、龍一は次に後部座席を覗き込んだ。

後部座席の足元に、小ぶりな火鉢のようなコンロがあった。梁瀬が言った通り、練炭コンロだ。

さらに、助手席には日本酒のワンカップの空き瓶が二つ。薬剤が入っていたと思われる、中身のないＰＴＰ包装。どうりでやけに血色がいいと思った。

（練炭自殺か）

内心では――ちょっと、気が抜けた。もちろん自殺で間違いがないか、これからきちんと調べなければいけないが。

練炭を使った自殺は、このところ急に増えてきた方法だった。神奈川県警管轄内でも、つい最近あったばかりだ。練炭やコンロはホームセンターやアウトドア用品店で簡単に手に入るし、苦しまずに死ねる方法としてインターネットなどでひそかに話題になっているらしい。

　そろそろ刑事課の面々が揃い始めている。強行犯係の係長が車から降りてきたのを見て、龍一は駆け寄って手帳をひらいた。

「部屋にあった財布から運転免許証が見つかってます。北川洋次《きたがわようじ》、三十七歳。職業はまだわかりません。第一発見者は北川の息子で、親子二人暮らしだそうです。朝起きたら父親がいなくて、外に出てみたら車の中で死んでいた、と」

「子供か」

　係長は顔を歪めた。家では子煩悩《こぼんのう》なパパだと聞いたことがある。胸を痛めているんだろう。

　検視では他に死に関連がありそうな痕跡は見つからず、練炭による一酸化炭素中毒の可能性が高いとされた。遺体が運び出され、係長が捜査の割り振りをしていく。最後に龍一の顔を見て、言った。

「龍、第一発見者の子供からの聞き取りはおまえがやれ」

「え。子供っすか」

　子供と動物は、はっきり言って苦手分野だ。それが顔に出たんだろう。係長は苦笑した。

「うちじゃおまえが一番若いからな。十三歳なら幼児でもないが、難しい年頃だな。必要なら婦警を呼ぶが、まあまずはやってみてくれ」

「はあ」

第一発見者に直接話を聞けるというのは、考えてみればラッキーだ。これも経験かなと龍一は頷いた。

「梁瀬さん、龍のフォローお願いします」

「うん」

梁瀬は龍一とは反対に、刑事課の中で一番の年長者だ。熟練した職人を思わせる渋みのある風貌をしているが、人へのあたりは柔らかかった。以前は係長だったが、龍一が刑事課に来る前に病気で休職していて、役職を降りたと聞いている。とりたてて目覚ましい業績があるわけではないが、実直で粘り強い、叩き上げのお手本のような人だ。係長も課長も常に梁瀬を立てている。

「子供を怖がらせるなよ」

係長に言われて、龍一は頭を掻《か》いた。たしかに自分は愛想がいい方じゃない。十三歳の少年の扱い方なんて、まるでわからない。

「んじゃ、行くか」

気負いなく言って歩き出す梁瀬について、玄関を入った。

家の中は、お世辞にも片づいているとは言えない状態だった。父子家庭だというから、まあこんなものだろうと思う。龍一の一人暮らしの部屋だって似たようなものだ。ただ、ところどころに女の気配があるような気がした。たとえば、キッチンのゴミ箱にポリ袋が二つセットされていてゴミを分別できるようになっているところや、居間に煙草《たばこ》の匂いを消す消臭剤が置かれているところや。住んではいないが定期的に来て多少の家事をしていく。そんな女がいる印象だった。

家はありきたりな間取りの二階家で、一階には居間と台所や水回りがある。子供は二階の自室にいるらしい。

軋《きし》む階段を上がっていくと、引き戸の前に制服警官が立っていた。梁瀬は軽く手を上げた。

「様子はどう？」

「落ち着いているようです。少し一人になりたいと言って部屋に入ったんですが、変わった様子はありません」

「そう」

頷いて、梁瀬は龍一に顎をしゃくった。行けという合図だ。

ノックをする時は、少し緊張した。大人が相手だったら緊張などしないのだが。

「――はい」

中から細い声が聞こえた。

戸を引くと、部屋は和室の六畳間だった。畳にベッドと机を置いている。そのベッドの上に、少年が座っていた。

今まで膝を抱いてうずくまっていたらしい。膝の間から顔を上げたところだった。ばさりと顔にかかった前髪の間から、二つの目が龍一を見た。

(おっと)

これは――と思った。

龍一には少年趣味はない。だが、思わず目を瞠《みは》るほどの美少年だった。父親の北川洋次も整った顔立ちをしていた。その血をしっかり受け継いでいる。

十三歳。中学一年生だ。鴨居《かもい》にハンガーにかけた学生服が吊るされていた。黒い学生服を着たら、きっとその白い肌が際立つだろう。今は青褪《あおざ》めているのでなおさらだ。

目元にかかる髪は焦げ茶色で、瞳も同じ色をしている。睫毛《まつげ》が長くけむるようで、伏し目がちの瞳が憂いと憔悴《しょうすい》に満ちていた。瞳が潤んでいるのは涙を滲ませているからららしい。その様子が痛々しくて、女だったら――いや、男でもふらふらと保護欲にかられそうだ。

北川洋次の髪は真っ黒だった。瞳の色は目を閉じていたからわからない。その瞼《まぶた》は二度とひらかれることはない。

北川は三十七歳という年齢よりは若く見えたが、それなりに男らしく、少しくたびれた雰囲気も漂っていた。子供は北川によく似ているが、十三歳という年齢もあって、より中性的な魅力を感じる。

(大人になったら)

柄にもなく、事件とはまったく関係のないことを龍一は思った。

この少年が大人になったら、どんな男になるだろう。きっとたくさんの人間を魅了して——誰かの人生を狂わせるに違いない。

背後で、ゴホゴホッとこれ見よがしな咳の音がした。

ほとんど見惚《みと》れていた自分に気づいて、龍一ははっと我に返った。

「えーっと……北川、佐季くん」

手帳を見ながら、少年の名前を呼ぶ。サキ。女みたいな名前だ。けれどこの少年にはよく似合っていた。

「山手警察署の者です。大変な時にごめんよ。少し話を聞かせてもらってもいいかな」

十三歳という微妙な年齢に、子供として接するべきか、大人と同じように丁寧語で話すべきか、迷ったあげくに中途半端な口調になった。少年はじっと龍一を見つめる。けれど目を合わせると、すっと視線を下にずらした。急いでシャツの袖で目元をこする仕草が、最初の印象よりも幼く映った。

「ええと、座ってもいいかな」

その子供らしい仕草が、龍一の中からガードを一枚削いだ。相手はまだ子供だ。立って上から見下ろすよりは、座った方が威圧感を与えないだろう。怖がらせるなと言われたし。

部屋の真ん中にあぐらをかくと、ベッドの上の少年より目線が下になる。梁瀬は話をするのは龍一に任せるつもりらしく、閉めた戸の前に黙って立った。梁瀬は存在感を上手に消すことができる。少年と二人で話している気分になった。

「お父さんを見つけたのは、君だそうだけど」

少年はこくんと頷いた。あどけないと言っていい仕草だ。

「その時の様子を聞かせてくれるかな」

「……はい」

返事はしたが、少年はすぐには話し出さなかった。言葉を探すように、口をひらいては閉じたり、唇を噛《か》んだりしている。龍一は黙って待った。

「あの……朝起きたら、お父さんがまだ帰ってなくて」

「ちょっと待って」

龍一は片手を上げた。相手は子供だ。少し手助けした方がいいだろう。

「まだ、ってことは、昨日の夜は帰らなかったの？」

「はい」

「そういうことは前にもあったのかな」

「はい……よくあります」

「よくって、どのくらい？」

少年は目線を斜め上に向けて考える顔をした。その様子を見て、きっとこの子は頭がいいだろうと龍一は思った。涙ぐんで動揺はしているようだが、ちゃんと言葉を選んでいる。

「週のうち、半分くらいは」

「半分？　けっこう多いね。そういう時は君は家に一人なの？」

「はい」

「怖くない？」

「大丈夫です」

「お父さんはどうして帰ってこないの？　仕事？」

「わかりません」

「お父さんの仕事は？」

少年はまた少し考える顔をする。結局、「わかりません」と答えた。

「……」

龍一はがりがりと頭を掻いた。落ち着かない印象を与えるからやめろと係長には言われているのだが、考える時、迷う時、心に何か引っかかる時、無意識にやってしまう。

「それで朝起きて、お父さんがいなくて、君はどうしたの？」

「あの、お父さんがいないのは普通だから……近所のお店に朝ごはんを食べにいこうとして」

「近所の店？　…ああ」

１１０番通報は近くで喫茶店を営業している家の女性がかけてきていた。佐季という少年はよくその店に行っているらしい。

「ずいぶん早起きなんだな」

「お店の手伝いをしてるから。でも、玄関を出たら、車庫の車の中に——」

佐季はそこで言葉を途切れさせた。長い睫毛が神経質に瞬きする。車庫は玄関の横にあり、扉やシャッターはない。龍一はそっと言葉を挟んだ。

「車の中に、お父さんがいるのが見えた?」

佐季はこくりと唾を呑み込んで頷いた。

「見つけて、どうしたの?」

「最初は、眠ってるんだと思いました。どうして車の中で寝てるのかわかんないけど……でも、近寄ってよく見たら……あの、火鉢みたいなのが」

渇いた喉をどうにか潤そうとするように、少年は何度も唾を呑んだ。細い喉の喉仏がせわしなく上下する。

「あの火鉢みたいなのが何か、わかる?」

「わ…わかります。こないだニュースで見たし……」

龍一はいったんそこで質問を止めた。佐季の様子を観察する。

白い頬は震えて引き攣《つ》っている。膝を抱えた手がきゅっと拳に握られていた。十三歳の少年は、怯《おび》え、とまどい、混乱しながら、それでも必死に理性を保とうとしているように見えた。

並の大人よりも立派なくらいだ。

「……あの」

少年は目を上げて、龍一をまっすぐに見た。

「お父さんは自殺したんですか？」

「――」

頭の中から、ふっと言葉が消えた。

龍一はまだ新米の刑事だ。聞き取りや尋問の最中に何を言えばいいのかわからなくなることなんてよくある。でも、そういうのとは違った。

(たかが少年だ。男のガキだ)

なのに自分はどうして彼の瞳から目が離せなくなっているんだ。

なんだか頭の中に直接手を伸ばされて、言葉を鷲摑《わしづか》みにされたみたいだった。この、目。焦げ茶色の瞳がまっすぐに龍一を見ている。瞳は琥珀《こはく》かカットグラスに入った濃いブランデーみたいで、硬い光を帯びているのにとろりと粘度があって、じっと見ていると搦《から》め捕《と》られそうで――

「すみません！」

飛び込んできた声とコンコンというノックの音で、龍一は正気に返った。

(やばい)

手のひらで頬をこする。何をやっているんだと思う。いくら相手が美少年だからって。

梁瀬が戸を開けた。ノックをしていたのはさっき廊下に立っていた制服警官だ。困惑した顔で、申し訳なさそうに言った。

「お話し中にすみません。あの、近所の住人が彼に会いたいと来ていて、待ってもらうように言ったんですがどうしてもと…」

「佐季くん！」

警官が言い終わる前に、押しのけるようにして一人の女性が部屋に入ってきた。

エプロンをした、少し太り気味の中年女性だ。女性はベッドの上の佐季に駆け寄って、その細い肩に手をのせた。

「おばさん」

「ああ、かわいそうに。大丈夫？　疲れてない？」

「大丈夫です」

「ちょっと、警察の人」

女性は振り返って龍一をきっと睨《にら》んだ。まるで警察が悪者みたいだ。

「非常識じゃないですか？　こんな子供を二人がかりで。お父さんが亡くなったばかりなんですよ」

「ええあの、それはもちろん配慮しているつもりで……ただ彼は第一発見者ですし、いろいろ話を聞かないと」

龍一はうろたえてしどろもどろになった。子供と動物は苦手だ。加えて、うるさいオバサンも大の苦手だ。

女性はさらに目を吊り上げて龍一を睨んだ。

「第一発見者なんて、やめてください！　そんな不吉な」

(不吉って言われても)

しょうがねえじゃねえか、一番に発見したんだから。と思うが、おばさんの迫力がすごくて言い返せない。すると助け船を出すように梁瀬がすっと前に出た。

「ああどうも、すみませんねえ。いや、こちらとしましても早く休ませてあげたいんで、その前に少しだけと」

「せめて朝ごはんを食べさせてあげてください。佐季くん、まだ何も食べていないんですよ」

「ああいや、これは申し訳ない。うっかりしていて。えーと、失礼ですがあなたは？」

上司然とした年配の梁瀬が低姿勢に出たことで、女性は少し気を取り直したらしい。佐季の肩を抱いて答えた。

「すぐそこの『スワン』ていう喫茶店の者です。佐季くんをうちの店に連れていっていいですね？」

「ええいいですよ」

「梁瀬さん」

小声を出した龍一を、梁瀬は目で制した。穏やかに、いかにも害のなさそうな笑顔を作る。

「ついでに我々もコーヒーでもいただこう。いや、そういえば私も腹が減ったな。モーニングはありますかね？」

第一発見者の少年より先に、梁瀬はこの通報者に話を聞くことに決めたらしい。カウンターの席について、トーストとゆで卵、コーヒーという簡単なモーニングを注文した。龍一はコンビニでパンを買って腹に入れてきていたが、つきあいで一緒に食べることにした。

商店街の中のごく普通の喫茶店だ。ビニール張りの安っぽい椅子《いす》やソファが並び、カウンターの上に小さなブラウン管テレビが据えられている。今日は午前中は店を閉めることにしたとのことで、客は入っていなかった。梁瀬と龍一は並んで腰かけ、カウンターの内側にさっきの女性とその夫が立っている。夫妻の名は松居《まつい》といった。

佐季という少年は、離れた窓際の席で一人で朝食を食べていた。松居の奥さんが持っていったトレイをちらりと見たら、ゆで卵がスクランブルエッグになり、さらにソーセージ、サラダまでついていた。コーヒーのかわりにオレンジジュース。

「あそこのお父さんはねえ……ろくに仕事をしてなかったみたいで」

佐季のいる席は奥まっていて、間に大きな観葉植物がある。さらに客もいないのに店内に有線放送をかけていた。それでも松居の奥さんは、少年に聞かせたくなさそうに声をひそめた。

「なんかね、若い頃はホストだったらしいのよ。ほら二枚目でしょう。でも子供ができてやめて、だけど仕事がどれも長続きしなくて」

「どうやって生活してたんですか?」

梁瀬が世間話の口調で訊く。梁瀬は人から話を聞き出すのが上手い。龍一はこの場はおとなしく引っ込んでいることにした。

「詳しくは知らないわ。アルバイトとかしてたみたいだけど。でも……ほら、ねえ。ああいう人だったから。遊び歩いてばかりで、しょっちゅう帰ってこなかったり、家に女の人を連れてきたり。佐季くんが気の毒だわ」

「つまり、いわゆるヒモみたいな?」

奥さんは顔をしかめた。

「私はそうは言ってませんよ。でも……まあ、そういう側面もあったんじゃないかしらねえ」

「なるほどなるほど」

梁瀬はうんうんと頷いて、トーストにかぶりつく。

「ほら、黒い車があったでしょう。その……お父さんが見つかった。あの車も女性からのプレゼントだったみたいですよ」

旦那の方が言った。夫婦揃って人がよさそうで、ついでにちょっと口が軽そうだ。

「なるほどねえ」

龍一は首をめぐらせて背後を見た。奥のテーブル席に少年が座っているのが見えるが、鉢植えの大きなシュロの葉に隠れて顔は見えない。あまり食事は進んでいなさそうだ。

「母親はいないんですか？」

「さあ。少なくとも私らは知りません。あそこはもともと父親の実家で、数年前までは老夫婦が住んでたんですよ。その方たちが亡くなって、しばらくしたら息子が子供を連れて住み始めたんです」

「ふうん。よく出入りしていた人とかはわかりますか？」

「お隣なわけじゃないから、詳しくは知らないわ。派手な女の人を見かけたことはあるけど、名前とかは知らないし。佐季くんが言ってたのよ。うちに女の人が来るって。かわいそうにねえ。子供にはひどい環境よ」

北川はたまに子供を連れてここに来て、子供にジュースやホットケーキを頼んで、自分は軽い食事をしていたらしい。松居の奥さんは母親のいない佐季の様子を気にかけ、外で会うと声をかけていた。するとある日、佐季が一人でやってきたという。

「皿洗いをさせてくださいって言うのよ。そのかわりにごはんを食べさせてほしいって。あたしもうびっくりしちゃって」

これは育児放棄じゃないかと、松居夫妻は北川のところに直談判に行こうとした。ところがそれを佐季本人が止めた。

「お金はもらってるって言うの。でも将来のために貯金したいからって。あの子まだ小学生だったのよ。ほんと、父親に似ずにしっかりした子で」

だが子供を働かせるわけにはいかないので、いつでもごはんを食べにおいでと誘った。松居の奥さんは、その頃にはすっかり佐季という少年に肩入れしていたようだ。

（父親と同じ才能がありそうだよな）

龍一は内心で思った。子供と大人というのは関係ない。あの潤んだ瞳で見つめられたら、女はきっとなんでもしてあげたくなってしまうだろう。

「だけど、ただで食べさせてもらうわけにはいかないって言うのよ。それで、中学生になってから時々お店を手伝ってもらってるの。もちろん学校の勉強に差し障りがない程度にね」

父親がいない朝は、佐季はここに朝食を食べにくる習慣になっていた。ついでに皿洗いをしていく。そして今朝、父親が車で死んでいるのを見つけて、この店に駆け込んだのだ。

「車のドアはぴっちり閉まってました」

ことさら沈痛な面持ちで、旦那の方が言った。

「私がドアを開けたんですが、うしろの席に火鉢みたいなのが……あれ、練炭ですよね。閉め切ったところで使うと一酸化炭素中毒になるんですよね。普通はそんなもの車の中に置きませんよね？　あの人、自殺したんですか？」

「まだわかりません。それを調べている最中でして」

定石通りに答えて、梁瀬は質問を返した。

「もしも北川さんが自殺したと仮定したら、思い当たることはありますか？」

夫妻は顔を見合わせて、揃って曖昧《あいまい》な表情になった。

「あたしら、あの人にはあんまり関わらないようにしてたから……。でもお決まりのギャンブルもやっていたみたいだし、借金でもあったんじゃないですか？」

北川の経済状態についての調査は、まだこれからだ。

「あなた方から見て、北川さんはどういう人でしたか？」

「さあね。はっきり言えるのは、子供の父親としては失格ってことね」

奥さんの口調は吐き捨てるようだ。それからふっと表情を硬くして、梁瀬の方に身をかがめた。佐季には聞こえないよう、小声で囁《ささや》く。

「証拠はないんだけど……佐季くんは否定してたんだけど」

「なんです？」

つられたふりで梁瀬も身を乗り出した。

「あの男、時々佐季くんを殴ってたんじゃないかと思うの」

「虐待ですか」

それまでのんびりしていた梁瀬の口調に緊張感が走った。奥さんの眉根《まゆね》にはきつい皺《しわ》が寄っている。

「そこまでじゃないと思うけど……ただ、ほっぺたが腫れてたことが何度かあって。あの男、お酒の量も年々多くなってるみたいだったし、酔ってる時にひっぱたくくらいはあったんじゃないかしらね」

奥さんの「あの男」という呼び方は、まるきり犯罪者に向けるものだ。

「ふうん……」

梁瀬は髭《ひげ》の剃り残しがある顎を思案気に撫《な》でている。奥の席の少年は、いるかいないかわからないくらいに気配がなかった。さっき話した限りでは、佐季は父親に恨みを持っているようには見えなかった。

「親子に親戚か、関わりの深そうな人はいなかったですか？　佐季くんから聞いたことはないですか」

「親戚なんて会ったことがないみたいだったわよ。父方の祖父母は亡くなっているし、母親はそもそも誰だかわからないし。親戚づきあいはいっさいしてなかったんじゃないかしらね」

「あの子、この先どうなるんですか？」

心配そうに旦那の方が訊いた。

「さあ、それは警察の方ではなんとも。身内の人が見つからないようでしたら、今後のことは福祉課や児童相談所にお任せすることになると思いますが」

食後のコーヒーをゆっくり飲みながら、梁瀬が答える。龍一の方はとっくにモーニングを食べ終えていた。

「もしも施設に行くんなら、佐季くんにとってはその方がいいんじゃないかしら」

奥さんが言うと、さすがに旦那が「母親や親戚が見つかるかもしれないし」と口を挟んだ。それでも奥さんは憤慨した口調をやめない。

「だって母親や親戚がもしいたって、ずっとほったらかしだったんでしょ。そんな人たちのところに行って、この先まともな生活ができるとは思えないわ。最近の施設はしっかりしてるって聞くし、ちゃんとした人に育ててもらえるならその方がましだわよ」

旦那は異は唱えなかった。

北川は、子供が家の外で何をしているかについてはまるで無関心だったらしい。夫妻は北川本人とはほとんどつきあいがなかったようで、話は佐季のことばかりになってしまった。

松居の奥さんが佐季を休ませろと主張するので、夕方にもう一度来て話を聞くことになった。処遇が決まるまでは、佐季はとりあえず松居家で預かるという。

龍一たちが店を出る時、佐季はまだ朝食を食べていた。

「子供の母親と、つきあっていた女を捜さないとな」

梁瀬の言葉に頷いてメモを取りながら、北川の家に戻るために店の横を通る。内心では、自殺の要因が見つかればこの案件は終わりだなと、そんなことを考えていた。

その時、背後から視線を感じたような気がして、龍一は振り返った。

一瞬。ほんの一瞬だけだ。店のガラス窓越しに目が合った。奥の席に一人で座っていた少年と。

澄んだ目だった。今はもう涙の跡はない。そして動揺も悲しみも見えないかわりに、それ以外の感情もなかった。何もない。ただ透徹した視線が、ガラスを突き通してまっすぐに龍一を刺した。

「――」

瞬きした次の瞬間には、もう少年の視線は逸《そ》れていた。うつむいたうなじが頼りなく細い。

「どうした?」

梁瀬の声に意識を引き戻される。「なんでもありません」と返して、龍一は梁瀬のあとを追った。

監察医の作成した死体検案書でも、死因は一酸化炭素中毒とされた。

龍一と梁瀬は自殺の動機を調べているが、今のところはこれといったものは見つかっていない。収入は多くはなかったが、生活が苦しいというほどではなかった。家は持ち家で、北川はバーテンダーのアルバイトをしており、店で知り合った女に貢がせたりもしていたらしい。持ち物には高級品も多かった。ギャンブルをやっていたと松居夫妻は言っていたが、これは遊び程度で、借金はない。傍から見ると自堕落《じだらく》で気楽な生活に見えた。

佐季の母親は見つかっていない。北川とつきあっていた女の話によると、ある日生後数ヶ月の赤ん坊を女が連れてきて、北川のところに置いていなくなったという。特にかわいがってはいなかったようだが、虐待の証拠はなかった。

北川の女は、水商売の女性や、裕福な女実業家や、旦那が単身赴任中で暇を持て余した主婦や。どれもドライなつきあいだったようで、トラブルは見つかっていない。龍一が会った限りでは、殺したいとか無理心中したいとか、そんな執着を持つほど深い関係には見えなかった。

「うーん…、北川って、自殺しそうにないタイプに思えるんですよねえ。自堕落で無責任で、ふらふら世渡りしてて。特に思いつめなきゃいけないこともなかったみたいだし」

龍一はがりがりと頭を掻いた。死に至る心の闇は他人には窺《うかが》い知れないと言えばそれまでだが、それにしてもなんの要因も兆候もなさすぎる。

「気になるのは眠剤の入手先だな」

梁瀬が言った。助手席で発見された薬のパッケージは、睡眠導入剤のものだった。それほど強力ではない一般的な薬だが、医師の処方箋《しょほうせん》がないと入手できない。北川にはその処方を受けた通院歴がなかった。

「誰かからもらったんですかね。特に不眠症の気はなかったようですが」

睡眠導入剤以外にも、合法、非合法を含め北川が薬物を常用していた形跡はない。加えて、北川が練炭コンロを買った店もまだ見つかっていなかった。

「とにかく、まだ自殺で結論づけるわけにはいかないな。もう少し調べよう」

梁瀬の仕事のやり方はとても慎重だ。龍一にはまだるっこしく思えるくらいに。

翌日、佐季の帰宅時間を見計らって、龍一は喫茶『スワン』を訪れた。梁瀬は北川とつきあいのあった人物に話を聞きにいっている。年齢の近い龍一だけの方が子供は話しやすいだろうと、一人で来ていた。

「やあ、佐季くん。おかえり」

カウンター席でコーヒーを飲んでいると、カウンターの奥にあるドアが開いて佐季が入ってきた。学生服ではなく私服に着替えている。住居の出入り口は別にあるから、学校から帰ってきて着替えたんだろう。

佐季は無言で龍一に頭を下げた。それから松居の旦那に向かって、「手伝います」と言う。奥さんは外出中だった。

「いいよいいよ。学校終わったんだし、遊んできなよ。部屋でのんびりしてもいいし。シンジの漫画、たくさん残ってるだろ。好きなだけ読んでいいよ」

シンジというのは松居夫妻の息子で、現在は就職して埼玉《さいたま》に住んでいるという。佐季はその部屋に寝泊まりしていた。

北川の遺体が見つかってから、すでに十日が過ぎていた。残された佐季の行き先については関係機関が調整している。母親の行方はわからず、引き取り手になってくれそうな親類もいないようで、おそらく児童養護施設に行くことになるだろう。松居夫妻は、父親の死になんらかの決着が着くまでは佐季を預かると言っている。

自殺の理由は見つからない。かといって殺したいほど北川を憎んでいる人間もいない。捜査の落としどころが見つからず、しかしいつまでも専任で調べているわけにはいかなかった。所轄の刑事課には大から小まで毎日さまざまな事件が飛び込んでくる。上からは早いところケリをつけろとせっつかれていた。

「ちょっと話を聞かせてもらってもいいかな」

佐季からは何度か話を聞いているが、口が重く、加えてしょっちゅう松居の奥さんが邪魔に入るので、最初に会った時以上のことはまだ聞けていない。奥さんが留守なら好都合だと龍一は思った。

「はい。でもあの……ここじゃ、お客さんがいるから」

佐季は目を伏せて人目を気にする仕草をした。綺麗な子なのに、ここ一週間で常にかすかな翳《かげ》りをまとうようになった。それがまた、松居の奥さんみたいな人の保護欲をそそるんだろう。

「じゃあ、どこかほかの場所に行こうか」

龍一はカウンター席から立ち上がった。こちらとしてもその方がありがたい。

「人目のないところ……うーん、君、どこか知ってる?」

一緒に店を出て、とりあえず歩き出しながら尋ねると、佐季は首を傾げた。商店街には夕方の買い物客が行き交っている。このあたりでは遺体が見つかったというのはそれなりのニュースだろうから、刑事の自分と残された少年という目立つ組み合わせでは、飲食店にも公園にも入れない。

「あの……じゃあ、僕の家へ」

龍一はちょっと驚いたが、「君がいいなら」と頷いた。

ひと通りの捜査は終わり、北川の家は無人になっていた。遺体は家の中で見つかったのではないとはいえ、あまり落ち着く場所ではないだろうと思ったのだが、佐季はためらわず鍵を開けた。中に入ると、空気が冷えきって澱《よど》んでいる。暖房をつけながら佐季が申し訳なさそうに言った。

「すみません、今、うち何もないから……」

「あー、気を遣わないでくれよ。オレはさっきコーヒー飲んだし。君は? 何か買ってこようか」

「いいです、そんな」

「まあそう言わず。話をするなら飲みものがあった方がいいよな。近くにコンビニあったっけ。

ちょっと行ってくるわ」

遠慮する少年をおいて、龍一は北川家を出た。コンビニエンスストアに行き、温かい缶コーヒーとミルクティーを保温ケースから取る。少し考えて、子供のおやつになりそうなものを適当にカゴに突っ込んだ。

戻ると、佐季が階段を下りてくるところだった。二階の自分の部屋に入っていたんだろう。

「学校へ行けるようになったんだってね。よかったな」

テレビと卓袱台《ちゃぶだい》が置かれた居間で向かい合う。佐季は黙ってこくりと頷いた。長い睫毛が目の下に影を落としている。きっと中学校でも、悲劇の主人公として注目を集めていることだろう。

「いつまでもほじくり返すようで悪いけど、もう少しお父さんのことを調べなくちゃいけないんだ。君がわかる範囲でいいから、答えてくれるかな」

佐季はまた無言で頷く。

北川の交遊関係や経済状態など、これまでにわかっていることを、息子の目から見てどうだったか尋ねてみた。やっぱり佐季は口が重く、知らない、わからない、と繰り返す。缶の紅茶には少し口をつけたが、菓子類は勧めても手を出さなかった。

もうひとつ、気になっていることがあった。松居の奥さんが言っていた北川の暴力だ。デリケートな問題だから年の近いおまえが訊いてこいと梁瀬に言われていた。

けれどこれには、佐季は強く首を振った。

「そんな、そんなのはないです。暴力なんて」

「でも松居さんが、君の頬が腫れてたことがあったって」

「それは……僕、学校で生意気だってよく上級生にからまれるから」

「あー」

たしかに男でこの容姿じゃ、その手の攻撃を受けることもあるだろうなと思った。

「それに、お父さんにひっぱたかれたこともあるけど……僕が口答えをしたからとか。でもそういうのって、親子だったら普通でしょう?」

「まあ、そうしょっちゅうじゃまずいけどな。じゃあ君、お父さんから暴力は受けていなかったんだな?」

「受けてません」

「お父さんはもういないよ。何かあっても、隠さなくていいんだ」

「ないです」

佐季はきっぱりと言った。

龍一はがりがりと頭を掻いた。ひょっとして北川は人知れず精神を病んでいて、我が子への虐待をやめられない自分に絶望して——なんて、ちらりと考えてもみたのだが。

(ねえか)

それならやっぱり、女だ。年はいっていたとはいえ相当な色男ぶりで、複数の女に貢がせていたんだから、どこかにもっと泥沼な関係の女がいてもおかしくない。いや、いない方がおかしいくらいだ。女が死んだら男と金を、男が死んだら女と金を洗え。初歩的なセオリーだ。

「じゃあ、話は戻るけど、お父さんが何か困っていたとか、それとも……そうだな、誰かが訪ねてきたり、変な電話がかかってきたりしたことはない？」

「……」

佐季はふっと何かを言いかけるように唇をひらき、でもすぐに口を閉じた。視線を避けてうつむき、きゅっと唇を噛む。

「なに？」

「いえあの……なんでもないです」

顔を上げた佐季は、一瞬龍一の目を見て、すぐにまたうつむいた。

（これだ）

何度か話をしてみて、この子は何かを隠しているんじゃないかと思うことがあった。父親がヒモまがいだったことは理解しているようだから、恥ずかしいことだと考えているのかもしれない。それとも、事件には関係ないと思っているから、警察には言いにくいのか。

「もしもちょっとでも気になることがあるなら、教えてくれないかな。それがお父さんが亡くなったことに関係がないなら、それでいい。決して誰にも言わないし、誰にも迷惑はかからない。関係があるかどうか、一緒に考えてみよう」

「……」

五つ六つの子供じゃない。十三歳ともなれば、父親がどうして自分をおいていったのか知りたいだろう。そこを押してみたのだが、少年はますますうつむき、唇を嚙むばかりだ。血の気のない白い頰に、嚙みしめられた唇が赤い。

「わかった。無理にとは言わないよ。話したくなったら、話してくれればいい」

なるべく明るく言って、龍一は立ち上がった。

「じゃあ、悪いけどお父さんの部屋をもう一度調べさせてもらえないかな。見落としているものがあるかもしれないし」

佐季は頷いて立ち上がった。

北川の寝室は二階の佐季の部屋の隣にあった。女とは主に外で会っていたようだが、家に連れてきたこともあったという。隣の佐季の部屋とは引き戸で仕切られている。きっと戸の向こうの音は筒抜けだっただろう。

部屋は家全体と同じく乱雑だったが、めぼしいものはすでに調べたあとだ。それでも何か少年の重い口をひらかせる糸口がないかと、龍一は再度、部屋を調べ始めた。佐季は身の置きどころがなさそうに北川のベッドに腰かける。

「……あ」

龍一がクローゼットを漁っていた時だ。小さく声がした。「何？」と振り返ると、佐季は「あ、えーと」と目を泳がせる。

「何かあった？」

龍一が近づいていくと、佐季は観念したように小さく吐息をこぼして、「これ…」とベッドの頭の方を指差した。

マットレスとヘッドボードの間だ。覗き込むと、小さくきらりと光るものがあった。指先でつまんで取り出してみる。ピアスだった。花をかたどった金色の台座に、キラキラした赤い石がちりばめられている。それほど高価なものではないように見えた。

ここで女と寝ることもあったのなら、ピアスが落ちていても不思議じゃない。自分の存在を誇示するためにわざと片方のピアスを置いていく女もいると聞くし。きっと北川の女のうちの誰かの物だろう。

そう思いつつ、ふと、頭の奥で何かが明滅した。自分はこれと似た物――いや、同じ物をどこかで見たような気がする。つい最近だ。どこでだったっけ？

「……刑事さん？」

龍一が黙り込んだので不安になったんだろう。佐季は心配そうな声を出す。龍一はにこりと笑ってみせた。

「ちょっとこれ、借りていくよ」

証拠品用のジップ付きの袋にピアスを入れる。龍一は大事にそれをスーツのポケットにしまった。

「――これだ」

急いで署に戻り、ここ最近で自分が担当した案件の関係者の誰かだったかと、資料を順番に漁ってみた。でも、どうもぴんと来ない。そもそもキラキラしたピアスをつけそうな若い女なんて、最近では北川の女くらいしか会っていない。

女。それで思い出したのが、北川の遺体発見の一週間ほど前に山手町で起きた、女の転落死だ。

龍一はその時は別の仕事をしていたので、現場には行っていなかった。遺体も直接は見ていない。あとで現場写真を見ただけだ。

捜査資料を記録係から借りて見てみる。亡くなったのは、中根寧子《なかねやすこ》、三十八歳。親戚の家で倒れて死んでいるのが見つかった。場所は階段の下で、どうやら転落したらしい。首の骨を折っていた。

同時に、その家の主人の八十二歳の男性がベッドで死んでいるのが見つかっていた。こちらは病死だ。

廊下らしき板の間に横たわった遺体の写真を、じっと見つめる。警察官になって、酔っぱらいや喧嘩やヤク中には慣れた。刑事になって、ようやく死体にも慣れてきたところだ。三十八歳という年齢にしては、ちょっと若作りな印象の女だった。はっきりしたきつめの顔立ちをしている。その耳を、赤い花のピアスが飾っていた。片方だけ。

（同じものだ）

偶然とは思えなかった。片方ずつの、ばらばらのピアス。

資料によると、その家は元々は老主人と中学生の孫の二人暮らしだった。中根寧子は遠縁にあたる。二年前に主人の娘で孫の母親である女性が亡くなり、その後、主人も病床についた。寧子はほぼ住み込みで家事と病人の世話を手伝っていたらしい。

遺体を発見したのは老主人の孫息子だった。音澤《おとざわ》司、十三歳。

（十三歳）

同い年だな、とちらりと思った。北川佐季と。だが中学校は別だ。

司の証言によると、家に帰ると寧子が階段の下で倒れていたという。すでに息はしていなかった。驚いて二階の祖父の寝室に行くと、祖父はベッドで眠るように亡くなっていた。

老人の死因は、かねてから悪かった心臓が発作を起こしたとみられ、これには不審な点はない。着衣や布団にも乱れたところはなかった。死亡推定時刻は、中根寧子の死の二〜三時間前。

（女が死んだのが後か）

「なんだ。何か気になることでもあるのか?」

龍一は資料を応接スペースで見ていた。応接スペースといっても、刑事課の一角にビニールソファとテーブルを並べてあるだけだ。外出から戻ってきた寧子の件の担当刑事が、向かいのソファにどかりと腰を下ろした。

「これ、事故でケリがつきそうなんですか?」

「あーそれなあ」

担当刑事はやっかいそうに顔を歪めた。灰皿を引き寄せて、煙草に火をつける。

「家は二人暮らしで、事故が起きた時、じいさんはもう死んでただろ。そして中学生の孫は出かけていた。一見、足を滑らせて階段を落ちたみたいに見えるんだが、後ろ向きに落ちてるんだよな。しかもセーターの肩のところが少しほつれている」

「争ったってことですか?」

「防御創なんかはないんだけどな。揉《も》み合いになって、はずみで…というふうにも考えられる」

「他に誰か家の中にいた可能性があるんですか」

「可能性はあるが、今んとこ見つかっていない。だが事故で片付けるには、ほかにもいろいろ不審な点があってな」

「不審な点?」

　訊き返すと、担当刑事は眉を上げた。

「なんだ、どうしてそんなことを訊く？　そっちの麦田町の事件と何か関係あるのか。練炭だっけ？」

「ええ、いや、うーん……」

　龍一は拳を口にあてて生返事を返した。うかつなことは言えない。ポケットの中のピアスは、まだ誰にも見せていなかった。

（もしもこれが、二つの事件を繋《つな》ぐ鍵だったら）

　渇いた喉を、ひそかに唾で湿す。鼓動が少し速くなった。まだ誰も気づいていない、自分だけが見つけた鍵だ。

「子供が同じ十三歳なんで、ちょっと気になって。孫息子はその時家にいなかったんですよね？」

「死亡推定時刻は午後四時前後で、幅を取って三時から五時だ」

　担当の刑事は資料をめくって、該当箇所をポンと指先で叩いた。

「で、孫息子が四時二十分頃に携帯に電話を受けている。これは音澤家の固定電話を使ってかけられていて、孫が言うには、寧子から買い物を頼まれたっていうんだ。その時その子は元町《もとまち》の花屋にいて、店員は顔見知りで買い物を頼まれているのを聞いている。なんでもじいさんが好きな和菓子屋が本郷《ほんごう》にあって、どうしても食べたいって言ってるから買ってきてくれって電話だったそうだ。で、丸ノ内線の本郷三丁目まで電車で行って、店で和菓子を買っている。五時半近くの時刻が入ったレシートが残っていて、和菓子屋の店員の証言もある」

「待って下さい。四時過ぎなら、じいさんはもう死んでるんじゃないですか?」

「そうだ。だから寧子が誰かを家の中に引き入れて、孫を追っ払ったとも考えられる。すぐには帰ってこないよう、わざわざ東京《とうきょう》まで行かせてな」

「死体がある家にですか? なんでそんなことを?」

そこだよ、と担当刑事は頷いた。

「亡くなった音澤のじいさんってのは戦後に輸入会社を興してて、ひと財産築いているんだ。ただ息子はおらず、一人娘が産んだのが司だ。相手の男とは結婚せず、一人で司を産んでいる。この母親は二年前に病気で亡くなり、じいさんも体の具合が悪くなって、会社の経営から退いた。寧子はじいさんのいとこの子供だったかな……まあ、たいして近くない親戚だ。家は厚木《あつぎ》だが、じいさんが倒れるまではまったく親戚づきあいはなかったらしい」

「なのに病人の世話をしていたんですか?」

「孫の母親が亡くなった当初は家政婦を雇っていたみたいなんだが、気に入らないとかでじいさんがクビにしたんだ。気難しい御仁だったらしい。しばらくは孫が家事をしていたんだが、どこで知ったのか、寧子が家事と病人の世話をすると言って家に入り込んだ。その頃にはじいさんはほとんど寝たきりになっていて、痴呆もあって拒めなかったらしい。寧子の目的はなんだと思う？」

龍一は少し考えて、答えた。

「未成年後見人ですか？」

担当刑事は軽く目を見開いた。

「そういやおまえ、司法試験に合格してるんだったなあ。なんで地方警察官なのか知らんが。刑事課の期待のルーキーだもんな」

半笑いだが揶揄《やゆ》する口調ではなかったので、龍一は黙っていた。どのみち現場じゃ能力主義だ。

「じいさんが死んでも、寧子にも寧子の親にも相続権はない。遺産は孫が相続する。介護したからと特別縁故者として取り分を主張したところで、たかが知れてる。だが、孫息子の後見人になれば別だ。司はまだ十三歳だ。他に身寄りのない司の後見人になれば、成人するまでは財産を管理できる。じいさんが遺言書で指名すれば、それが可能になる」

「……」

「この寧子という女が、被害者ながらなかなか胡散臭くてね」

担当刑事は舌なめずりするような顔つきで言った。刑事は臭いものが大好きだ。

「寧子には旦那と子供がいるんだが、事故当時は毎日のように音澤家に泊まり込んでいた。厚木には週に一、二度しか帰っていなかったらしい。旦那と子供の世話は同居している姑《しゅうとめ》に任せていた。老人の病状がいつ変わるかわからないからという理由だが、寧子は旦那とも姑ともうまくいっていなかったようでね。勝気な性格で、遊び好きだったらしい。そしてどうも、音澤家の金に手をつけていたふしがある」

龍一は顔をしかめた。

「孫息子はそれに気づいていたんですか?」

「どうかな。本人は知らなかったと言っている。でもまあ、寧子にはなついていなかったみたいだな。寧子はこの金を自分の家には入れていない。派手に使い込んでいた様子もない」

そして老人の死後、寧子は誰かをこっそり家の中に入れている。龍一は先回りして訊いた。

「男ですか?」

担当刑事はおもしろくもなさそうに頷いた。

「その線で調べているところだ」

「つまり……寧子は音澤老人と孫に取り入りつつ、愛人を作って音澤家の金をくすねていた。そして老人が病死した後、なんらかの理由で愛人を家に呼び寄せた」

「遺言状を捜してたんじゃねえかな。それか着服の証拠を揉み消そうとしたか。ばれたら後見人になれないもんな」

「そこで揉めて言い争いになって、寧子は階段から落ちた……」

「という線で、寧子の交遊関係を洗っているところだ。でもなあ、なかなかこれといったのが出てこなくて。たまに飲みにいって憂さ晴らしをしていたようだが、金を貢いでいたような男は見つからなくてな」

「──ちょっと、この写真借ります」

龍一は中根寧子の写真を手に立ち上がった。遺体の写真ではなく、正面から撮った顔写真だ。

「ああ？　なんでだよ？」

担当刑事が声をあげるが、「ちょっと」とごまかす。自分の椅子の背にかけていたスーツのジャケットを取り上げた。

「おいこら流、おまえ、何かつかんでんじゃねえだろうな。こっちにも教えろよ！」

「確かなことがわかったら言いますから！」

返しながら、体はすでに刑事部屋のドアを出ていた。

刑事にはもちろんチームワークも必要だが、その実、手柄合戦のようなところがある。刑事はみんな、手柄が欲しい。昇進のためでもあるが、もっとも刑事を駆り立てるのは、本能だ。誰よりも早く獲物をこの手で仕留めたいという、狩猟本能。あるいは闘争本能。

（もしもこれがアタリだったら）

刑事になって初めての高揚に、自然に足が速くなった。

だが、まずはちゃんと確かめなくてはいけない。龍一は歩きながら携帯電話を取り出して、喫茶『スワン』にかけてみた。佐季はまだ帰っていないという。龍一と別れた後、自分の家から戻っていないらしい。

北川家に着いた頃には、すでに陽が沈みかかっていた。

チャイムを押すと、しばらくして佐季がドアを開けた。「刑事さん……どうしたんですか?」と目を丸くする。

「ちょっと君に確認したいことがあるんだ」

「でも、そろそろ松居さんちに戻らないと」

「すぐすむよ。大事なことなんだ」

「……」

何かを察したように真剣な顔つきになると、少年は黙ってドアを大きく開けた。

居間の卓袱台を挟んで、向かい合って座る。まだ明かりをつけていない部屋には、掃き出し窓から西日が射し込んでいた。部屋は褪《あ》せたようなオレンジ色に染まっている。うつむいている佐季の頬もオレンジ色だ。

「この人を見たことはあるかな」

龍一は中根寧子の写真を卓の上にすべらせ、単刀直入に言った。佐季の様子を観察する。

「——」

彼はそれまで、涙ぐんでいたり沈んでいたりしたことはあったものの、おおむね警察の質問には落ち着いて答えていた。しっかりした子だと思っていた。それが、中根寧子の写真を見たとたん、目を大きく見開いて唇を震わせ始めた。

「佐季くん？　どう？　知ってる人？」

「あ……あの」

目を左右に泳がせ、うつむいて視線を逸らす。正座した膝の上で、きゅっと拳を握った。彼がこんなに動揺したのを見たのは初めてだ。

「よく見て、本当のことを答えてくれないかな。とても大事なことなんだ」

「……」

佐季はうつむいたまま、顔を上げない。その肩は細く、まだまだ庇護《ひご》を必要としているように見えた。

子供だ。まだ十三歳の少年なのだ。龍一が十三歳の時は、毎日好き勝手に遊び呆《ほう》けていた。将来のことなんて真剣に考えたことはなかった。けれどこの子はこの先、一人で生きていかなくてはいけない。

（もしも父親が罪を犯していたとしたら）

現状では、中根寧子の死は過失致死の疑いはあるが、殺人ではない。それでも一人の人間の死に関わっていたとなると、北川の自殺の意味合いも変わってくる。残された子供の今後の人生にも大きく影を落とすだろう。

だが、真実を明らかにするのが警察の仕事だ。

龍一は軽く息を吸った。

「――北川佐季くん」

名字をつけて名前を呼ぶと、佐季の肩がびくっと震えた。

「君が言いたくないのなら、言わなくてもいい。オレたちは君を追いつめたいわけじゃない。でも、警察は捜すよ」

「……」

「徹底的に、洗いざらい、お父さんとこの家のことを調べ上げる。それが仕事だからだ。だからきっと、君が言わなくても、いずれ本当のことは明るみに出る」

少年の白い頬を照らす西日がオレンジ色から朱色に変わり、次第に翳りを帯びていく。それにつれて、少年の中の血も冷えていくような気がした。人形みたいだと龍一は思った。あまりに整っていて、生気が感じられない。

「君が黙っていると、よけいな時間がかかるだけだ。近所の人にもたくさん話を聞かなくちゃいけない。オレたちだって、本当はそんなことはしたくないんだ。早く事件を終わらせたいのは君も警察も同じだ」

「……」

「だから、頼む。今ここで、君が知っていることを教えてくれないか」

佐季はうつむいて、微動だにしない。

長い時間がかかったような気がした。部屋はすっかり暗くなっている。龍一は天井の電灯をつけた。うつむいた佐季の頬が白く無機質な光に照らし出される。

「……あの」

迷い、戸惑いながら、それでも決心したように佐季が顔を上げた。

「あの……この人、見たこと……あります」

言って、きゅっと引き結んだ唇の端が、それでもこまかく震えていた。

（やった）

龍一はひそかに拳を握った。気持ちが逸《はや》る。けれど、強いて落ち着いた口調で訊《たず》ねた。

「この家に来たことあるの？」

少年はこくりと頷く。

「お父さんの知り合いだったんだね。二人は親しそうだった？」

佐季は首を傾げてしばらく考え、それからぼそぼそと言った。

「あんまり……仲はよくなさそうでした。なんか、喧嘩してたし……」

「喧嘩？　どんな？」

「口喧嘩……」

「言い争っていたんだな。何を言っていたのか、覚えてる？」

「あの……」

佐季は何度も口を開けては閉じ、唾を飲み込み、下唇を噛んだ。それから、うつむいて消え入りそうな声で答えた。

「……」

「ごめん、よく聞こえなかった。なんて?」

「……お金を返して、とか……」

お金。

これだ、と思った。

「それはお父さんが言っていたの? それとも女の人が?」

女の人、と佐季は答える。龍一はよし、と心の中でガッツポーズをして、立ち上がろうとした。

その時、龍一を引きとめるように、佐季がすっと顔を上げた。表情は静かで、今までのおどおどした態度が消えている。焦げ茶色の瞳でまっすぐに龍一を見て、言った。

「お父さんは悪いことをしたの?」

「──」

言葉を失くした。

この子はきっと、この焦げ茶色の目でいろんなものを見て、いろんなことを考えているんだろう。周りの大人たちが思うよりももっと。警察官である自分がしてあげられることはなんだろうか。

「わからない。それをこれから調べるんだ」

佐季の目から目を逸らさず、続けた。

「でも、お父さんが何をしたとしても、君が責任を感じることはない。君自身は汚れたりしない」

「……」

佐季は黙ってじっと龍一を見つめてくる。龍一は自分の中にあるものを秤《はかり》にかけられている気がした。嘘《うそ》や、真意や、偽善を。

しばらくすると、佐季は小さく息を吐いた。諦《あきら》めたように首を垂れる。

「明日、また来るよ。その時に今言ったことをもう一度話してくれるかな」

佐季はもう龍一を見ずに頷いた。

「じゃあ、もう遅いから松居さんちに帰ろう。送っていくよ」

音澤老人は眠れないと訴えることがあり、かかりつけの病院で睡眠導入剤を処方されていた。薬の管理は寧子がしていた。その薬が、北川洋次の遺体と一緒に車の中にあったパッケージの薬と一致した。

寧子は音澤家に出入りするようになってから、たまに横浜《よこはま》駅周辺や桜木町《さくらぎちょう》に一人で飲みに行っていた。その行動範囲に、北川がバーテンダーをしていた店もあった。

「そして北川と知り合い、不倫するようになり、音澤家の金に手をつけて……」

「まあ待て。そう先走るな。まずは寧子と北川の繋がりを調べるのが先だ」

龍一の話を、梁瀬はあえてのんびりとした口調で遮った。龍一は身を乗り出した。

「オレに音澤司って子のところに行かせてもらえませんか。会ってみたいんです」

「そうだなあ……」

同じ課内とはいえ、人のネタに首を突っ込むことになる。慎重な梁瀬は渋い顔つきで唸《うな》っていたが、やがて頷いた。

「まあ、北川佐季にそこまで喋《しゃべ》らせたんだしな。フォローはおれがしておくから、やってみろ」

「はい！」

勢い込んで返事をすると、梁瀬はゴホゴホと咳で返した。

このところ冷え込む日が続いていて、梁瀬は風邪がぶり返しているらしい。翌朝、起きて待機寮の窓を開けると、街全体が紗《しゃ》がかかったようにうっすら白く覆われていた。雪が降っていた。

(もうすぐ三月なのにな)

トレンチコートをやめてウールのコートを着た。午後には雪はやんだが、雲が厚く垂れ込め、つもった雪はなかなかとけない。警察署の近くから乗った路線バスはいつもよりのろのろ運転だった。

音澤家のある山手地区は、かつては外国人居留地だったところだ。山手本通り周辺には洋館やキリスト教会が数多く立ち並んでいる。横浜の歴史と異国情緒を最も色濃く感じさせる地域だ。

だが横浜港に面した一帯は、近年みなとみらい地区として新たに再開発されていた。数年前にランドマークタワーが開業し、その後も続々と高層ビルや商業施設が建造されている。都市計画に沿ってきっちりと区分けされた、人工的で近未来的な都市が造られようとしていた。

龍一は横浜で生まれ育った。大学時代は東京で下宿していたが、神奈川県警に就職し、この街に戻ってきた。龍一が子供の頃は、埠頭《ふとう》にひっきりなしに大きな船が出入りし、クレーンでコンテナが荷揚げされ、いろんな国の人と言葉が行き交っていた。今はその活気は薄れ、代わりにビルと観光客が増えている。

横浜は変わった。今も変わりつつある。つい最近港に遊園地ができ、突如として巨大な観覧車が出現した時は、なんだか異様に感じたものだ。夜毎にカラフルなイルミネーションを輝かせる様は、悪い冗談みたいに思える。

バスを降り、ゆるやかな坂道を上る。このあたりは昔と変わらないなと思う。北川家のあるあたりとは雰囲気の異なった、閑静な高級住宅地だ。中でも音澤家は、丘の高いところに広い敷地を持っていた。古いが趣のあるチョコレート色の屋根の洋館で、広い庭がある。門から中に足を踏み入れた龍一は、別世界にまぎれ込んだ気分になった。

「こりゃあすごいな」

今は冬だし、雪が降り積もって寂しいような静謐《せいひつ》な情景だが、それでも常緑樹が家を周囲から隠すように生い茂っている。花壇やパーゴラも作られていて、きっと春や夏には色とりどりの花が咲き乱れるんだろう。

音澤司は、少し離れたところで地面に屈《かが》み込んでいた。

「何を見ているんだい？」

声をかけると、紺色のダッフルコートの肩がびくりと跳ね上がった。

彼は現在、学校の寮で寝起きしている。訊きたいことがあると連絡を入れると、司本人から、寮ではなく自宅の方に来てほしいと言われたのだ。彼は庭で一人で待っていた。

少年は立ち上がって、こちらを振り返った。

「わざわざ悪いね。山手警察署の流といいます」

身分証を出して自己紹介をしたが、司は近寄って確かめることはせず、黙ってその場で一礼した。

「寒くない？　家の中に入った方がよくないかな。それともどこか店に行こうか」

「いえ。ここでいいです」

少年は硬い声で応じる。刑事と長話はしたくないのかもしれない。それとも、二人の人間が死んで無人になった家に入りたくないのか。

育ちのよさそうな、おとなしそうな子だった。女の子のようにかわいい顔立ちをしている。けれどその瞳は暗く、憔悴した様子なのが痛々しかった。無理もない。

「広い庭だね。ここ、君一人で手入れしてるの？」

可能な限り愛想よく話しかけたが、司は戸惑ったように目を逸らした。明らかに逃げ腰だ。

（オレ、顔怖いかな）

龍一はいつも崩れ気味のネクタイを締め直し、髪を手櫛《てぐし》で整えた。相手は良家の子息だ。こういう子供は相手にしたことがないので、勝手がわからない。

「あの……大きな木の手入れは植木屋さんにやってもらって、あとは自分で……」

司がぼそぼそと答える。視線は雪に覆われた地面に向いていた。

「ふうん。…お、花が咲いてる！」

司の視線の先に目をやった龍一は、思わず声をあげて近寄った。司はびくりと身を強張《こわば》らせた。

地面は白く雪に覆われているが、その中にぽつりぽつりと、まるで雫《しずく》を落としたように雪がとけている箇所があった。そこに、ひっそりと小さな花が咲いている。花も雪と同じ純白だ。

「へえ。こんな雪の中から咲く花があるんだなあ。これ、なんて花?」

くだけた口調で言って振り向くと、そばにいた少年は半歩後ろに下がった。

「あ、あの……スノードロップ、です」

少し恥ずかしそうに答える。緊張はしているようだが、素直そうな子だった。

「へえ? 雪の雫、か。洒落《しゃれ》た名前だなあ。初めて聞いた」

「待雪草ともいいますが……」

「マツユキ草? それは聞いたことがあるな……ああ、『森は生きている』で、女の子が意地悪なおばさんだか姉さんだかに命令されて森に探しにいくのがマツユキ草じゃなかったっけ?」

司は面食らったようにぱちぱちと瞬きをした。意外そうに、まじまじと龍一を見つめて言う。

「刑事さんでも、そんな話を知っているんですね」

「いやあ、ハハ。姪《めい》っ子をミュージカルに連れてったことがあるんだよ。半分以上寝てたけどな。これ、自生してるの? それとも君が植えたの?」

「秋に球根を植えたんです。そろそろ咲くかもと思って、毎日見にきてたんですが……」

捜査資料にも花屋に行っていたとあったし、彼は植物が好きなんだろう。少し気持ちがほぐれた様子だった。

司は膝を折って地面にしゃがみ込んだ。雪の中から顔を出しているスノードロップは、雫型

の花弁がうなだれるように下を向いている。可憐《かれん》だけど、どこか寂しい印象の花だった。

たった一人の身内だった祖父を失くし、司は今後、このまま学校の寮に入る予定だという。司が通っているのは、幼稚園から大学院までを擁した有名私立校だ。親元を離れている学生や留学生のための寮があった。

音澤老人の遺言書は金庫から見つかっていた。財産はすべて孫の司に譲ると書かれており、未成年後見人には会社の顧問を長年務めていた弁護士事務所が指名してあった。

(金はあっても天涯孤独か)

同じ十三歳という年齢のせいで、どうしても北川佐季と比べてしまう。あちらもほとんど天涯孤独になってしまったが、環境は雲泥の差だ。

「……君」

訊いてみたくなったのは、警察官としての質問というより、何か運命のいたずらめいたものを感じたからだった。

「北川佐季という子を知ってる?」

司はすっと顔を上げた。

大きな、濡れたような瞳だ。佐季は焦げ茶色だが、こちらは真っ黒だ。

わずかに首を傾げて、龍一を見つめる。それから、黙って首を横に振った。

「そう。……じゃあ、この人を知っている?」

龍一は手帳に挟んであった北川洋次の顔写真を司に差し出した。

立ち上がった司は、手に取ることはしなかった。少し眉をひそめて、凝視するように見つめている。胸を上下させてため息のように息を吐いて、顔を上げた。

「あの……この人、見たことあります」

「そうか」

やった、とはもう思わなかった。やっぱり、と確信しただけだ。

「この家に来たことがあるの?」

少年はこくりと頷く。

「喋ったことは?」

今度は首を振る。振りながら、雪の重みに耐えかねた待雪草みたいにうつむいてしまった。

「あの……僕が庭にいる時に、この人が来て……」

「その時、家には誰がいたの?」

「祖父と中根さんです。でも祖父はずっとベッドにいたはずだから……」

「この男の人は中根さんに会いにきたんだね。中根さんは、君が庭にいたことを知ってたの?」

「知らないと思います。僕、出かけてきますって家を出たから。でも途中の花屋さんで欲しかった苗木を見つけて、買って帰って庭で植え付けをしてて」

「なるほどね」

中根寧子は、以前にもこの家に愛人を引き入れていたのだ。孫さえいなければ老人は寝たきりだし、逢引《あいび》きしていたのかもしれない。それとも金目のものでも探していたか。

寧子と北川は言い争いをしていたと佐季は言っていた。お金を返して、と。着服してまで金を貢いだが、ばれそうになったかして、焦っていたんだろう。そして音澤老人が死んでいるのを見つけ、慌てて遺言状を探した。もしも自分に不利な内容だったら、処分するために。それに第三者が資産を調べるだろうから、着服していた証拠を急いで消さなければいけない。そこで北川を呼んだが、二階で揉み合いになり、寧子は階段から転げ落ち——

「……あの」

龍一は自分の思考に没頭していた。遠慮がちな声にはっと気づいて顔を上げると、司がじっと自分を見ていた。

何かを訴えかけるような瞳だ。おとなしそうな子だが、その眼には不思議な深さと吸引力がある。

「ああごめん。何か?」

「いえ、あの……」

龍一と目が合うと、さっとうつむいてしまう。けれど唇を引き結んで、迷うように目を動かした。何か言いたいことがあるようだ。

やがて決心したように司が顔を上げた時、龍一のスーツの内ポケットで携帯電話が振動した。

「ちょっとごめん」

仕事の電話は出ないわけにいかない。司から数歩離れて、背を向けて通話を繋いだ。かけてきたのは梁瀬だった。梁瀬は開口一番に言った。

『中根寧子のバッグに入っていたライターから、北川の指紋が出た』

「本当ですか！　これで物証が出ましたね」

『そっちはどうだ？』

龍一は小声で返した。

「孫息子から確認が取れました。寧子はこの家で北川と会っていたようです」

『そうか。今から緊急会議だ。県警から一課も来るぞ。おまえ、今すぐ署に戻ってこい』

「了解しました」

通話を切って、司のところに戻る。司はどこかぼんやりした顔をして、スノードロップの白い花を見つめていた。

「ごめん、さっき何か言いかけた？」

ゆっくりと顔を戻した司は、ゆるゆると首を振った。

「なんでもないです」

「そう？　じゃあ、今日はありがとうな。寮に帰るなら送るよ」

「いえ。少し庭の手入れをしていきたいので……」

「そうか。じゃあ、暗くならないうちに帰るようにね。学校の人が心配するだろうから」

「はい」

少年は素直に頷く。それから、龍一に向かって頭を下げた。深々とした、丁寧な一礼だった。礼儀正しい子だなと思った。


中根寧子が音澤家の金を着服していたことは、担当刑事によってすでに調べがついていた。老人と子供だけの家だ。寧子は多額の現金に手をつけていた。だが、金庫の中のものは無事だった。

寧子と北川が密通していた痕跡はいくつか見つかったが、互いの携帯電話には通話履歴がなかった。これは寧子の夫が携帯を盗み見ていたからではないかと推測される。不倫関係で、しかも盗んだ金のやりとりがあった。二人は人目を忍んでいたはずで、目撃証言は少なかった。少年たちのもの以外は。

北川には寧子を殺す理由はなく、転落は事故だろう。だが結果的に寧子を死なせてしまった北川は、発作的な行動か、思いつめた末のことかはわからないが、寧子が持っていた睡眠導入剤を飲んで自殺をした。北川には破滅的な傾向があり、さらにアルコール依存症気味で、以前から深酒をすると自暴自棄なことを言っていたと、北川の女も息子も証言した。

山手警察署は、北川洋次を過失致死容疑で被疑者死亡のまま書類送検した。中根寧子の横領については、音澤家に一人残った少年の意向で立件はされなかった。

「お手柄だな」

普段はあまり人を褒めない刑事課長が、龍一の肩を叩いてそう言った。龍一は署長室に呼ばれ、署長賞と金一封を授与された。

「また先を越されたなあ。やっぱりおまえ、刑事に向いてたのかな」

警察学校の同期で、刑事志望だがまだ叶っていない同僚は、悔しそうな顔で居酒屋でビールを奢ってくれた。刑事になって初めての快挙だ。うまい酒だった。

（やった）

この高揚感。血の滾《たぎ》るような。ほかの仕事じゃ絶対に得られない。現場じゃなければ意味がない。

三月半ばになると、中学校は春休みを迎えた。春休み中に、北川佐季は児童養護施設に移った。龍一はできれば佐季が施設に行く前にもう一度会いたかったのだが、事後処理と次の仕事に追われて、できなかった。

事件の周囲への影響を考慮して、佐季は少し離れた養護施設に入所したという。たぶんもう会うことはないだろう。この時は、そう思っていた。

——お父さんは悪いことをしたの？

それでも、時おり龍一は佐季のことを思い出した。なぜか脳裡《のうり》から離れなかった。あの時の佐季の、静かな眼。

それから、初めて会った日、喫茶『スワン』の窓から龍一たちを見ていた、なんの感情もない眼。心の中が穴になったような。その二つの視線だけが、消化できない硬い異物みたいに、いつまでも胸に残った。

2

どうして親子は似るんだろうと佐季《さき》は思う。血だと、遺伝子だと、大人や教科書は言う。それなら身体中の血を入れ換えてしまいたい。肌を裂き、身体中の血を絞り出して、綺麗《きれい》なまっさらの血と交換できたらいいのに。

(……たとえばあの子の血と)

「ねえこの子、あなたによく似てるわねえ」

十三歳の佐季の世界は、いつも酒の匂いのする父親と、知らない女と、自分とはまったく違うクラスメイトたちに囲まれている。

「ううん、あなたよりもずっと綺麗」

女の指が頰《ほお》に触れる。爪は凶器のように長く伸ばされ、派手な色が塗られていた。爪をどうしてそんなふうに尖《とが》らせて飾り立てるのか、佐季にはまったくわからない。

「ねえほら！　ほっぺすべすべ」

(……さわるな)

壁に背中をぴたりとつけ、シーツの上で拳《こぶし》を握り締めた。逃げ場がない。

十二月の寒い夜だった。父親が帰宅したのは、十一時を回った頃だ。

佐季はその時、もう眠っていた。父が帰ってこないことは気にしていなかった。よくあることだ。むしろ帰ってこない方がいい。レンジで温めたピラフを一人で食べて、戸締まりをしてベッドに潜り込んだ。

そうしたら、すっかり眠り込んだ頃に玄関が騒がしくなって目が覚めたのだ。階下から聞こえてきた声で、女が一緒だとわかった。二人とも酔っているらしい。父はたまに家に女を連れてくる。きっとホテル代がないんだろう。

それからドタドタと階段を上がってくる音がして、隣の部屋の戸が開けられ、酔っぱらった女の嬌声《きょうせい》が聞こえてきた。

「えー息子ぉ？　いくつ？　見たい見たーい」

(見せ物じゃない)

直後に、部屋を仕切る引き戸を拳で叩《たた》く音がした。佐季は布団の中で身体をぎゅっと強張《こわば》らせた。

「息子くーん、もう寝ちゃった？　お姉さん挨拶《あいさつ》したいんだけどーお」

(うるさい)

「やめろよ。ガキなんだから、もう寝てるだろ」

おざなりに言う父の声は、本気で止める気もなく単に面倒くさそうだ。佐季はベッドの上で身を起こし、膝《ひざ》を立てて身構えた。

「開けるよー」

声とともに、無遠慮に戸が開いた。なだれ込んできた光で部屋が明るくなる。佐季は壁に背中を押しつけた。

戸口に若い女が立っていた。真っ赤なワンピースを着て、なんのつもりなのか頭にサンタクロースの帽子をかぶっている。

「あっ、ごっめーん。寝てたあ？　こんばんはー。お邪魔してまあす」

頭の悪そうな女だった。父の女の趣味には節操がない。今日みたいに水商売をしていそうな若い女もいれば、父より年上の女もいた。地味な主婦のこともあった。きっと趣味なんてないんだろう。

「やだ、すっごくかわいい子じゃない！　ごめんねえ。寝てるとこ邪魔しちゃって。お姉さんと一緒に飲まない？　なーんてウソよ」

言いながら、女はずかずかと部屋の中に入ってきた。マットレスに片膝を載せる。ミニのワンピースがめくれ上がって、白い太腿《ふともも》が露《あら》わになった。……吐き気がする。

「名前はなんて言うの？」

（うるさい）

「ねえねえ」

「……佐季」

顔を背けて、佐季はぶっきらぼうに答えた。言わないともっとからまれるからだ。父がしょっちゅう連れてくるので、女という生き物の反応はだいたいわかるようになっていた。

「サキくんっていうの？　かわいい名前ねえ。年はいくつ？」

「十三」

「えーっ、てことは中学一年生？　うっそお。もっと大人っぽく見えるわよ。ねえ、お姉さんにもっと顔見せて」

女はベッドの上に乗り、膝でいざってどんどん近づいてきた。佐季は腰を引いて逃げようとする。でもうしろは壁だ。逃げ場がない。

「ほんっと綺麗な顔してるわねえ。この子、大きくなったらきっとすごい美青年になるわよ」

女はうっとりと言い、長く爪を伸ばした手でべたべたと佐季に触った。すぐ近くで口をひらくと、強い酒の匂いがする。その匂いと香水と女の体臭が混じり合って、むかつくような匂いになった。吐き気がする。

「前にさあ、キッズモデルっていうの？　ああいうのやらせたことがあるんだよ。店の客に紹介されてさ」

開いた引き戸の向こうの部屋から、父が返した。酔った足取りでこっちの部屋に来る。

「けっこういい金になるんだよな。なのに、こいつまったく笑わねえの。生意気でさあ。あげく仕事場から逃げ出しちまって。ったく使えねえクソガキが」

父が手を伸ばしてきて、佐季はぎゅっと首を縮めた。

叩かれるかと思ったら、女がいるからやめたらしい。父は佐季の頭を片手でつかみ、ぐらぐらと乱暴に揺らした。吐き気がさらに増す。

「今度また仕事見つけてきてやるよ。そしたらちゃんと働けよな。おまえもう中学生なんだから、自分の食い扶持《ぶち》くらいは自分で稼いでくれねえとなあ」

言い捨てて、父は隣の部屋に戻った。コートを脱ぎ、屈《かが》んでストーブをつけている。

「この子のお母さんは？」

「さあね。どこに行ったんだか」

「おいてっちゃったの？　あなたが産ませたんでしょ」

「産んでいいなんて言ってねえよ。つか、こっちは避妊してたつもりなのに、勝手に妊娠しやがってさ。結婚しろだのなんだのうるせえから面倒で別れたら、いつのまにかガキ産んでて、しかも押しつけてどっか行っちまったんだよ。ほんと、いい迷惑。冗談じゃねえよな」

忌々《いまいま》しそうな口調で、吐き捨てるように言う。それから「風呂」とひとこと言って、父は部屋を出ていった。階段を下りる足音が遠ざかっていく。

「……酷《ひど》い男」

佐季の前にいる女が、ピンクの唇を歪《ゆが》めて笑った。若く見えたのに、そんな顔をすると急に年増女みたいに見える。

「外見は最高なのに、中身は最低ね。君はあんな男になっちゃだめよ」

女はぐっと身を乗り出してきた。品のないワンピースの胸元から、大きな胸がこぼれそうだ。

「かわいそうね。あんな人がお父さんなんて」

(さわるな)

また佐季に手を伸ばしてくる。五本の指で、ゆっくりと頬を撫《な》でた。佐季は顔を背けた。

「かわいそう……」

(うるさい)

佐季はぎゅっと目を瞑《つぶ》った。

うるさいうるさいうるさい――

「ねえ…」

女の指先が、頬からすっと首筋に下りた。佐季はぴくりと肩を浮かせた。

「君、ほんとに十三歳に見えないね」

女の声色と吐く息の色が変わった気がした。こういう声は知っている。女が欲情した時の声だ。父に向けられることもあったし、急に背が伸びた頃からは、自分に向けられることもあった。

「中学生なら、もう自分でしたりするの？」

「……っ」

佐季は膝を立てて座っていた。女の手が、その膝頭を包むように撫でた。

「どうしたら気持ちよくなるか、お姉さんが教えてあげよっか」

女がちらりと舌を出して、ピンクの唇を舐《な》めた。これも欲情した女がよくやる仕草だ。吐き気がする。

長い爪を生やした手が、膝から腿をすべってパジャマ越しに脚の間に触れた。佐季は震え上がった。けれど小さな声しか出ない。

「やめて……ください」

「お父さんにはないしょよ」

女はクスクス笑った。唇から酒臭い息がこぼれる。女の体温が上がり、香水と混じった体臭が一段ときつくなる。

「……やめ、ろ」

「大きな声を出しちゃだめよ。お父さんが来ちゃう。そしたらあたしもあなたも叱られるわ」

叱られるどころか、殴られるだろう。アル中気味の父は、少し前から突然切れて暴れるようになった。切れると何をされるかわからない。

佐季は固まったように動けなくなった。女の指先がいやらしく動き、パジャマの中に忍び込んでくる。女はいつまでもクスクス笑いをやめない。箍《たが》がはずれている。狂っている、と佐季は思う。

この家はおかしい。狂っている。父も、顔も知らない母も、父の連れてくる女も。

「ねえ……どう？　気持ちいい？」

佐季はぎゅっと目を瞑って首を振った。

（早く）

こんなことはよくあった。父に罵《のの》られることも、殴られることも、父の女におもちゃにされることも。男にいたずらされたことだってある。ほんの小さな子供の頃から、ある種の大人たちは佐季を異様に熱っぽい目で見た。

そういう時、佐季はきつく目を閉じて、なるべく息をひそめて、頭の上を濁流が通りすぎるのを待つ。逆らったら何をされるかわからないから。

これは洪水だ。耐えるしかない。だって、自分はまだ子供だから。手も足も細く、泳ぐ力も高いところに登る力もない。船を買う金もない。だから頭から水をかぶっても、汚い泥水を飲み込んでも、黙って我慢するしかない。

（早く終われ）

でも、洪水はいつかは終わる。たとえ身体中が泥まみれになったとしても。だから佐季はじっと身をひそめて、濁流の中で目を閉じて、早く、とそればかりを考える。

早く。早く。

早く大人になりたい。

「……やだ、もう来ちゃった」

耳元で女が小さく舌打ちした。

階段を上がってくる足音がする。父は風呂が早い。女の手がパジャマの中から出ていって、佐季は急いでズボンを上げて毛布をかぶった。

「すぐにイッちゃうかと思ったのに、あんがい強情なのねえ。それともひょっとして慣れてるのかな?」

女はまたクスクスと笑う。隣の部屋の戸が開いて、父が怒った声を出した。

「おい、いつまでガキをかまってんだよ。こっちに来い」

はあい、と答えて、女は何事もなかったかのように部屋を出ていった。酒や香水やそのほかのいろんな匂いを残して、引き戸が閉まる。

佐季は長く息を吐いた。助かった、とは思わない。そもそも父が連れてきた女だ。父さえいなければ、こんな目には遭わない。

濁流はいつも父が連れてくる。父そのものが、腐った泥水だ。佐季の生活を汚し、泥まみれにして踏みにじる。いったいなんの権利があるんだと思う。ただ親だというだけで。

逃げようとしたことは何度かあった。けれどどこに助けを求めても、結局すぐに帰されてしまう。血の繫《つな》がった親だからという理由で。そしてそのあとは、もっと酷い目に遭う。だったら最初から我慢した方がまだましだ。

血ってなんなんだと佐季は思う。血が繫がっていると、いろんなものががんじがらめにされる。生活も、未来も。逃げ場がない。あんな男には似たくないのに。あんなふうには絶対になりたくないのに。

(……ければいいのに)

佐季は布団の中に頭まで潜り込んだ。ぎゅっと目を閉じて、両手で耳を塞《ふさ》ぐ。隣の部屋の音や声が聞こえないように。

(いなければいいのに)

父はこれからも佐季の人生を汚し続けるだろう。そしてこの先もっと成長したら、自分は食い物にされるに違いない。さっき父が言っていたように。

(早く。早く)

この父親の元にいたら駄目になる。こいつがきっと、俺の人生の邪魔をする。

早くいなくなってくれればいいのに。


十二月の街は、どこもかしこも浮かれたクリスマス一色だった。

佐季はクリスマスが嫌いだった。クリスマスが好きなのなんて、〝恵まれた〟子供だけだろうと思う。だけど恵まれたってなんだろう。上から恵んでもらったものなんて、いつ取り上げられるかわからないじゃないか。自分で手に入れたものだけが本当の自分のものなんじゃないかと、佐季は思う。

佐季はあてもなくただ街をふらついていた。家には帰りたくなかった。帰れなかった。今夜もあの赤いワンピースの女が来ていて、しかも人を大勢呼んでクリスマスパーティをやっている。一度むりやり引っぱり出されておもちゃにされ、逃げ出してきたのだ。もちろん父は助けてくれなかった。

街にはクリスマスのイルミネーションが輝いている。だけど夜が更けるとだんだん店は閉まっていき、人の数も減ってきた。ファストフード店で時間を潰《つぶ》していた佐季は、補導員らしき男女に声をかけられて走って逃げた。家に居場所のない子供は、街のどこにも居場所がない。補導員をまいて繁華街から離れ、ようやく足をゆるめた。吐く息が白い。もう疲れた。それに寒い。おなかもすいた。

（……もう）

もう、の次に続く言葉をむりやり喉《のど》の奥に押し戻す。口に出したら、負けだ。

佐季はそのまま歩き続けた。歩いていた方が気がまぎれるし、体も温まる。けれど前方に明かりの灯った小さな教会が見えてきて、足を止めた。

目的はなかったつもりだけど、自然に足が向いていたらしい。この教会は知っていた。佐季自身はキリスト教徒でもなんでもない。神様なんて信じていない。でもこの教会には、あの子が通ってくるのだ。

（あの子）

五歳の時にまぎれ込んだお屋敷で会った、同い年くらいの男の子。花の咲く庭。赤い実のなる木。ブランコ。チョコレート色の屋根。

――だいじょうぶだよ。おまじないしたからね。すぐになおるよ……

二度目に見かけたのは、それから二年以上がたち、小学生になってからだった。

住宅街にある教会だった。佐季の家からは少し遠い。その時は、近所の人から古くなった自転車を譲ってもらって、遠くに行けるのが嬉しくてやたらに走り回っていたのだ。

日曜日の昼間で、その子は母親と一緒だった。母親は綺麗で優しそうな人で、白い日傘をさしていた。二人は教会の扉から出てきて、何か楽しそうに喋《しゃべ》っていた。男の子の言うことに、母親がにこにこと笑って頷《うなず》く。白い日傘が眩《まぶ》しかった。二人は手を繋いでバスに乗った。

二年以上たっていたけど、佐季にはすぐにわかった。あの子だ。

（丘の上のお屋敷の王子様）

教会の門のそばの掲示板を見ると、日曜礼拝というのがあるらしい。翌週の日曜日、同じ時間に、佐季はまた自転車で教会に行ってみた。礼拝が終わると、扉からぞろぞろと人が出てくる。その中に、男の子と母親もいた。礼拝は毎週行われていた。

佐季は毎週のようにその教会に行くようになった。中に入ったり、男の子に声をかけたりはしない。ただ母親と一緒に楽しそうにしているのを見るだけ。あの子が笑っているのを見ると、なんだか嬉《うれ》しかった。

そんなふうにただ見ているのが馬鹿らしくなって、行くのをやめたこともあった。でもしばらくたって、自分の日常に耐えきれなくなるとまた行ってしまう。行って、あの子が笑っていると嬉しくなる。嬉しくなったあとに、苦しくなる。

馬鹿みたいだ。みじめだ。そう思いながら、やめられなかった。

あそこにはしあわせがある。自分の代わりに。

星を眺めるように遠い光を眺めることが慰めで――いつか手に入れてやると誓うことが、いつのまにか支えになった。

だけど小学五年生になった頃、男の子と母親はぱたりと姿を見せなくなった。そんな週が続いて、佐季は思いきって教会の神父に尋ねてみた。神父はすぐに誰のことなのかわかったようで、男の子の名前は司《つかさ》というのだと教えてくれた。そして、母親が病気で入院していると知った。

「君は司くんの友達なの？」

温厚そうな神父に問われ、佐季は首を振った。

「そう。じゃあ、今度会ったら話しかけてみるといいよ。司くん、今はとてもつらい気持ちでいるだろうからね。君も、よかったら礼拝においで。難しく考えなくてもいい。友達ができるよ」

佐季は何も答えず、教会から走り去った。

それからしばらくは、司という子に会うことはなかった。深夜の教会で彼を見かけたのは、ずいぶん月日が過ぎてからのことだ。

佐季は中学生になっていた。その夜もやっぱり家に帰りたくなくて、街をぶらついていた。するとと、何気なく教会の近くに行った時に、窓に小さな明かりが見えたのだ。夜は誰もいなくなるはずなのに。

しばらく様子を窺《うかが》っていると、建物の裏手から人影が出てきた。佐季はとっさに電柱の陰に隠れた。

あの司という男の子だった。こそこそと人目を憚《はばか》っていて、どうやら懐中電灯を使って忍び込んでいたらしい。どうしてそんなことをしているのか、まるでわからなかった。でも、ひさしぶりに見た彼の表情がひどく暗いのが気にかかった。以前はいつも笑っていたのに。

丘の上のお屋敷に住む、薔薇色《ばらいろ》の頬をした王子様。あの子の笑顔が、夜空に光るたったひとつの星だったのに。

司は礼拝には来なくなっていたので、決まった日には会えなくなった。かわりに深夜に教会に行くと、たまに忍び込んでいる明かりを見つけることができた。裏手にある窓から出入りしているらしい。出てくる司は、決まって暗い顔をしている。今にも泣き出しそうに。

（どうしたんだろう）

心配なのは本当だった。だけど同時に——胸の底に、何か別の感情が生まれていた。今までほかの誰にも感じたことのない気持ち。

あの子はあの薔薇色の頬に涙を流すんだろうか。どんな顔で泣くんだろう？

（泣くなら）

神父は母親は入院していると言っていた。もしかしたら、亡くなったのかもしれない。あんなにしあわせそうだった子が、今は悲しみに暮れている。

（泣くなら俺のそばで泣けばいいのに）

ざまあみろと思ったわけじゃない。でも、遠くで笑っているのを見ていた時より、彼を近くに感じた。その顔が泣くのを見てみたい。涙に触れてみたい。そうしたら、慰めてあげられるのに。

そうしたら、あの子を手に入れられそうな気がするのに。

佐季は教会の門の前に立った。

今は十二月だ。古くて小さな教会だけど、前庭に大きな樅《もみ》の木があって、クリスマスツリーの飾りつけがされている。横浜《よこはま》の街のきらびやかなイルミネーションに比べればずっとささやかだけど、温かくて家庭的な光だった。

かじかんだ手に息を吹きかけた時、暗い教会の窓にちらりと一瞬、小さな明かりが動いた。

(あの子だ)

今日も忍び込んでいるらしい。いつもだったら出てくるのを待っていて、あの子が帰るのを見届けて、自分も家に帰る。だけどその夜、佐季はあたりにひと気がないのを確かめて、門に両手をかけた。

街がクリスマス一色だったからかもしれない。キリスト教徒らしいあの子に訊《き》いてみたかったのだ。神様がいるなんて、本気で思ってるの？　と。

門扉は低く、簡単に乗り越えることができた。小さな教会で、建物の横手に花壇や野菜畑が作られている。花壇の前を通り過ぎ、佐季は建物の裏に回った。見上げると、高い位置にある窓がひとつ開いている。下に石でできた花台が置かれていた。

あの子が足場に使ったはずの花台に乗り、佐季は窓に手をかけた。

小さな窓をどうにかくぐり抜け、慎重に飛び降りる。降り立った部屋は暗かった。手で探るとごたごたと物が置かれていて、どうやら物置らしい。ドアが開いていて、その向こうがかすかに明るかった。

ドアを出ると、廊下だった。窓から入る外灯の明かりでぼんやりとあたりが見える。佐季は猫のように足音を忍ばせて進んだ。すると、明かりのこぼれているドアがあった。

近づいて、ドアの隙間からそっと中を覗《のぞ》く。

そこは聖堂だった。建物の正面扉を入ったところにある部屋だ。正面に十字架とキリスト像が掲げられていて、長椅子《ながいす》が並べられている。

椅子の一番前の席に、あの子が座っていた。

司という名の少年は、正面のキリスト像ではなく、右手に置かれた白い像を見ていた。胸に赤ん坊を抱いた女の人の像だ。あれが聖母マリアだということくらいは、佐季にもわかる。司は椅子の上で膝を抱いている。足元に燭台《しょくだい》が置かれていて、ろうそくの炎が頬を照らしていた。

彼は、ただ一心にマリア像を見つめていた。その目に涙が光っていた。

「たすけて……」

その声を聞いた瞬間、佐季は足を踏み出していた。

「――神様がいるなんて、本気で思ってるの？」

「えっ…」

司はびっくりした顔で立ち上がって、佐季を振り返った。

目を大きく見開いている。ただ驚いているように見えた。きっと覚えていないんだろう。五歳の時に一度だけ会った子のことなんて。佐季は忘れたことはなかったけれど。

面差しは変わっていないが、天真爛漫《てんしんらんまん》な王子様みたいだった顔には、今は深い翳《かげ》りが落ちていた。佐季は黙ってその子の顔を見つめた。黒い瞳に、見る見るうちに涙がいっぱいに溜まる。司はくしゃりと顔を歪めた。

「神様は……いないの」

その言葉と一緒に、涙がつうっと頬をすべり落ちた。

何かを考えるより先に、体が動いていた。佐季は司に近づいて手を伸ばした。司は一瞬びくりとしたけど、逃げなかった。

頬を濡《ぬ》らす涙を、指で拭《ぬぐ》う。温かい涙だった。冷えきった指には、熱いくらいだった。

……この子が欲しい。

少しずつ少しずつ胸の底に溜まっていた気持ちが、涙に触れたとたん、形になって鎌首《かまくび》をもたげた。この子が欲しい。この子が欲しい。

「じゃあ、誰がたすけてくれるの？」

涙に濡れた目をして、司が訊《き》く。誰も、と佐季は答えた。それは佐季がよく知っている。誰も助けてくれる人なんていない。神様なんていない。誰かが上から助けてくれるのを待っていたって、どうにもならない。

「だから、自分で自分を守るしかないんだよ」

「……」

その時、じっと佐季の顔を見ていた司が、何を思ったのかつぃっと手を伸ばしてきた。

佐季は反射的に身を引いた。でも司が手を引っ込めないので、おそるおそる近づく。司の手が、頬に触れた。涙と同じに温かい手だった。あの日、すりむいた佐季の膝をいっしょうけんめい手当てしてくれた手だ。

「……ねえ」

頬の上の手に、そっと自分の手を重ねた。どうしたらこの子が手に入るだろう？

「約束をしない？」

「約束？」

司はどこかぼんやりとした顔で訊き返す。その目を覗き込んで、言った。

「俺が君をたすけてあげるよ。だから」

「だから？」

だから——

願うことなんてひとつだった。ずっと願って、でも叶わないから願わないようにして、それでもやっぱり止められなくて、心のどこかで願い続けた。

「……——」

願いは言葉にはならなかった。口にするのが怖かったから。かわりに頬の上の司の手を、ぎゅっと握った。

佐季は目を伏せてうつむいた。すると、コート越しにも温かい感触が肩を包んだ。

司は佐季より背が小さい。けれど背伸びをして両腕を回し、全身で佐季を抱きしめていた。言葉にならなかった言葉ごと。

耳元に温かい息が触れる。囁《ささや》く声が、約束に応えた。

「うん。いいよ」

この時、思った。

この子のためならなんだってできる。どんなことでも。

もしも神様が本当にいて、地獄に堕《お》ちても。

「おじいちゃんの具合がどんどん悪くなるんだ」

伏せた睫《まつげ》毛の影が頬に落ちている。あの頃ふっくらと薔薇色だった頬は、ずいぶん丸みが落ちてすっきりした。たぶん自分も同じように変わっているだろう。

司とは、しょっちゅう会うようになった。場所は人がいない時の教会聖堂や、司の家の庭や。庭には繁みや物陰がたくさんあって、格好の隠れ場所になった。

司が隠れていたのは、中根寧子《なかねやすこ》という女からだ。遠縁で、司と祖父の世話をするために家に泊まり込んでいるという。入院していたという母親は、司が十一歳の時に亡くなっていた。

「最初は、親切な人だなと思ったんだ。にこにこ笑って、子供の頃におじいちゃんに遊んでも

らったことがあるって言って。こんなことになってるなんて知らなかった、自分にできることならなんでもしたいって」

そう言って、寧子は巧みに家の中に入り込んだ。

母親が亡くなり、祖父が病気で寝つくようになって、病人の世話と広い家の家事は子供の司の手に余っただろう。最初はとまどったけど、正直助かったと司は言った。祖父がベッドからあまり起きられなくなってからはヘルパーを頼んでいたが、寧子はヘルパーも断ってしまった。

「でも、おじいちゃんは知らないって。遊んでやったことなんてないって。中根さんは、もう年だから忘れてるのよなんて言うんだけど」

素直な瞳。素直な言葉。司に取り入るのはたやすかっただろう。

(俺がいたら、そんなことはさせなかったのに)

寧子は最初は週に数日通ってきていたが、厚木《あつぎ》から通うのは大変だからと、しょっちゅう泊まり込むようになった。その頃には、祖父はもう周囲のことがあまりわからなくなっていたという。昔の話ばかりして、死んだ一人娘の姿を探す。それまで元気だった祖父が急に老けたのは、司の母親が死んでからだ。寧子は私が娘よと祖父に言うようになった。司はびっくりして違うよと言い聞かせたが、司が学校に行っている間に寧子が祖父に何を言っているのかはわからない。

家の中はどんどんおかしくなったと、司は涙を浮かべて訴えた。寧子は生活費を握り、自分の食べたいものや欲しいものを買う。自分が出かけたい時だけヘルパーを呼びつける。病人の口に合うものを作らないので、祖父は食が細くなった。一生懸命世話をしていると口では言うが、病状はどんどん悪くなっている気がする。

「もういいです、って言ったんだ。おじいちゃんは入院させるからって。そしたら、おじいちゃんを厄介払いするの、ひどい子ねって……そ、それに」

唇が震え出した。佐季は手を伸ばして司の目尻の涙を拭い、その手を握った。

「おじいちゃん、中根さんに抱きついたり体をさわったりするって。セ、セクハラだって言うんだ。入院なんかしたらそれが明るみに出る、それでもいいのって。僕、そんなの嘘だって言ったんだ。そしたら警察に訴えるって……証拠はあるって言うんだ」

寝たきりの老人相手だ。証拠なんてどうにでもなると佐季は思った。

「どうしたらいいのかわからないんだ」

拭っても拭っても、司の瞳から涙がこぼれ落ちる。泣けば泣くほど、司のことが愛おしくなった。

（……もっと）

「おじいちゃんが死んだら、僕はひとりぼっちになる」

「俺がいるよ」

できるだけ優しい声で、佐季は囁いた。司が頷くまで、繰り返し。

「これからは、俺がそばにいるから」

「うん……」

(もっと俺に頼ればいいのに)

すがってくれればいいのに。

中根寧子は、司の祖父に遺言状を書かせたがっているらしい。財産を狙っているのだ。

夜になると、寧子はこっそり遺言状を捜しているという。司の部屋のドアをそっと開けて、寝ているのを確かめたりする。監視されているみたいで怖いと司は言う。

「家のお金のことなんてわからないけど……でも、庭は取られたくない。お母さんが大切にしていた庭なんだ。僕は会ったことないけど、おばあちゃんも花や木が好きで、おばあちゃんが植えた木がいっぱいあるんだって。お母さんが生まれた時に植えた木や、僕が生まれた時に植えた木もある。庭だけは、守りたい」

黒い瞳が涙に濡れて、きらきらと光っていた。綺麗だなと思った。

「守ろう」

握った手に力をこめる。司はぎゅっと握り返してきた。

それでも、すぐにはどうすることもできなかった。相手は大人だ。安易に騒ぎ立てると、よけいに面倒なことになる。大人は子供を監視したがり、管理したがるものだ。慎重に排除しなければいけない。

転機が来たのは、それから二ヶ月ほどが過ぎた時だった。

二月の寒い日だった。夕方に佐季の携帯電話が鳴った。携帯電話は、司と会うようになってから貯めていた金で買ったものだ。司も持っている。父が取るかもしれない家の電話は使いたくなかった。

『佐季、佐季、どうしよう……』

最初から司の声は震えていた。今にも泣き出しそうだった。いや、もう泣いているのかもしれない。だったらすぐに行かなくちゃいけない。

『落ちついて。どうしたんだ？』

すぐに来て、と司は言った。佐季は学校から帰ったところだった。制服のまま自転車を走らせて、司の家に駆けつけた。

司は門の内側でうずくまって待っていた。佐季が門を入ると、飛びつくようにしがみついてくる。血の気のない顔をしていた。

家の中に入り、司が指さす方へ行くと、廊下に女が倒れていた。

「――」

息を呑んだ。人が死んでいるのを見たのは初めてだった。

「この人……」

中根寧子だ。庭にいる時に、こっそり顔を見たことがあった。仰向けで、階段に足を向けて倒れている。首と腕が変な方向にねじ曲がっていた。目がひらいたままになっている。

「どうしよう……」

司がうしろに立って、ぎゅっと腕を握ってきた。

振り向くと、司は小刻みに震えていた。死体を見たくないようにきつく目を瞑っている。睫毛に涙がくっついていた。

その涙を見て、瞬時に佐季は自分の動揺から立ち直った。

(俺がしっかりしなくちゃ)

深く深呼吸をして、状況を見回す。女は階段の上から仰向けに落ちたように見えた。驚いたまま固まったような顔をしている。

最初の衝撃が去ると、死体って単に寝ている人とは明らかに違うんだなと、佐季は冷静に考えた。すでに人じゃなくて、モノになっている。

これはモノだ。

司の肩を抱き、とりあえず死体が目に入らないリビングに連れていった。ソファに座らせて、顔を覗き込む。

「司、話して。何があったんだ?」

嗚咽《おえつ》をこぼす司を励まして、時には叱るようにして話を聞き出した。急がなくちゃ、と思った。どうしてか、そう思った。時間が大切だ。

「が、が、学校から帰ったら、な、中根さんがお母さんの部屋にいて……お母さんの部屋には入らないでって言ったのに」

泣きじゃくりながら、司は必死に話す。佐季は壁にかかっている時計を見た。四時ちょっと前だ。

「僕が何してるのって言ったら、すぐに出ていったけど……でも、指にダイヤの指輪をしてたんだ。お母さんの形見の指輪だ。僕にはすぐにわかった。お母さん、すごく大切にしてたから。だから手を見せてって言ったら、嫌だって……これは自分の指輪だって」

司は打ちのめされて、打ちひしがれている。考えろ、と佐季は自分の頭に命令した。早く、早く考えなくちゃいけない。司を助けられるのは自分だけだ。

「僕を無視して行こうとするから、追いかけて……そ、それで階段の上で揉《も》み合いになって」

(考えろ)

時間が大切だ。なぜか頭からそのフレーズが離れなかった。

「腕をつかんで見たら、やっぱりお母さんの指輪だった。それでむりやりはずそうとして……だって、中根さんがお母さんの指輪をしてるなんて、絶対に嫌だったんだ。中根さんは離さないって僕をぐいぐい押して、僕、必死で中根さんの服をつかんで、指輪を引き抜いて……そ、そ、そしたら」

司の震えが大きくなる。あとは聞かなくてもわかった。

「おじいさんは？　寝てるのか？」

「それが……」

司は顔をくしゃくしゃに歪めた。寧子が落ちたあとに寝室に駆け込むと、祖父が亡くなっていたという。

佐季は司をその場において、一人で寝室に行ってみた。司の祖父はベッドの中で眠るように目を閉じていた。こっちは静かに亡くなったように見える。色のない皺《しわ》だらけの肌は、溶けて固まった蠟《ろう》みたいに見えた。

蠟人形みたいだなと思った。それから——ひどく冷めた、腹の底が固まるような気持ちで、思った。

人間、死んだらこんなものだ。

中根寧子もこの人も、もう生きている自分たちには関係ない。物と同じだ。

（だから俺たちは生き延びなくちゃ）

世間は自分たちを食い物にしようとする大人であふれている。その中で、どうにか生き延びなくちゃいけない。

たぶん、中根寧子は司の祖父が亡くなっているのを見つけて遺言状を捜し回ったんだろう。ダイヤの指輪はその時に見つけたのだ。魔が差してはめてみたのかもしれないし、遺産が手に入らなければこれだけでもと思い、盗んだのかもしれない。

「……どうしよう、佐季」

考えながらリビングに戻ると、ソファから司がすがるように見上げてきた。黒い大きな瞳が涙に溺《おぼ》れそうになっている。

(司を助けられるのは俺だけだ)

その時、頭の中にひとつの考えが閃《ひらめ》いた。混沌《こんとん》とした中に、ひとすじの光が射すように。その光がどこから来たのかは知らない。たぶん、明るい高いところじゃない。佐季は自分の中に深く暗い闇があるのを知っている。光は、そこから来るのだ。

明るい光じゃない——真っ暗な光。

(これはチャンスだ)

邪魔なものを排除して、一番欲しいものを手に入れるための。

「……僕、警察に行かないと」

司が唇を震わせて呟《つぶや》いた。佐季は飛び上がるようにして司の両肩をつかんだ。

「そんなのだめだ！」

「でも……」

「だめ、だめ、絶対にだめだ。司は俺をおいていくのか？」

「…っ」

司はどやされたようにびくりと震えた。その目を覗き込んで、強い口調で叩きつけるように言った。

「人が死んでるんだ。警察に行ったら、きっと帰ってこられない。少年院に行かされるかもしれない。もう俺と会えなくなるよ。司はそれでいいのか？」

「そんな……でも……」

司はうつむいてしまった。瞳は怯えてふらふらと揺れ、焦点が定まらない。佐季は司の両頬を挟み、むりやり目を自分に向けさせた。自分しか見えないように。

「悪いのは中根寧子って女だ。司はお母さんの形見を守っただけだ。なのに俺と司は会えなくなるの？　そんなの嫌だよ」

「僕……僕だって嫌だけど、でも」

「……お願い。俺をおいていかないで」

自分でも驚くような、か細い声が出た。司がはっと目を見開いた。

「俺には司だけなんだ」

「佐季――」

「言っただろう？　母親はいない。父親は酒を飲んで俺を殴る。友達だっていない。俺が心を許せるのは司だけなんだ。司がいなくなったら、俺はまたひとりぼっちになる。そんなの耐えられない……！」

ソファの上で抱きすくめた。司は佐季よりも小さく細い。その胸に顔を埋めて、すがるように抱きしめた。

「お願い、お願い、お願いだから、俺をひとりにしないでくれ――」

「…………」

(早く)

祈るような気持ちだった。早く。早く。時間がない。

そっと、髪に手が触れる感触があった。指先がおずおずと頬に触れ、聞こえるか聞こえないかくらいの声が囁いた。

「……どうすればいいの？」

佐季は顔を上げた。

「俺の言うとおりにしてくれる？」

司の目を見つめる。魅入られたように見返しながら、司が小さく頷いた。

「司はここにいちゃいけない。すぐに家を出て、誰か知っている人がいるところに行くんだ」

「……」

司は瞬きをして、迷うように何か言いかけたが、言葉は出てこなかった。

「なるべく近くの店か何かがいい。タイミングを合わせて、俺が電話をする。俺の名前を言っちゃだめだよ。中根さんから電話がかかってきたふりをするんだ。何を喋ればいいか、俺が電話で教えるから」

重要なのは時間だ。司はすぐに電話をかけてきているから、中根寧子が階段から落ちてから、まだそんなに時間はたっていない。死亡推定時刻というのは幅があるはずだ。きっとまだ間に合う。寧子が生きていたように見せかけて、その間に司をできるだけ遠くに行かせなければ。

「あとのことはまた話そう。大丈夫。俺の言うとおりにしていればいい。俺を信じて」

「……信じる？」

ぽつりと司が呟いた。

司の瞳の奥に、小さな火が灯った。まるでそこに細い道筋を見つけたみたいに。必死でそれにすがるように。

「そう。信じて。俺も司を信じる」

司の手を握って、力をこめて言った。今までこんなに一生懸命になったことはない。この子が欲しい。この子が欲しい。この子が欲しい。

「俺が信じられるのは司だけなんだ。だからお願い、俺をおいていかないで——」

目を閉じて、握った司の手をひたいに押しあてた。

司の身体が震え上がった。感電したみたいに。

二月の終わりから三月にかけて、何度か雪が降った。

冬の真ん中の、寒さを固めたような雪じゃない。ここが冬の終わりだと、もうすぐ春が来ると告げるような雪だ。つもっても、すぐに跡形もなく消える。

（もうすぐ）

もうすぐ春が来る。あと少しだ。完成まで。

あの日以来、用心して司には会わないようにした。二人の携帯電話を調べられるようなことはなかったが、念のため履歴を消して、佐季は自分の携帯電話を解約した。

司には、警察が来たらどう言えばいいのかを細かく教えた。あとのことは佐季だけでやった。練炭を買うのも、それを使うのも。司の祖父の部屋から持ち出しておいた睡眠導入剤は、カプセルの中身を酒に溶かして父に飲ませた。

司には、自分が何をやるのかは言わなかった。言ったら怯えて、止めるに決まっている。司は佐季のフルネームを知らない。家も知らない。知っているのは、佐季という名前だけだ。佐季の父親の死は、発見された時は地方紙に小さく載っただけだった。

中根寧子が着服していたように見せかけるのだけは、司にやってもらった。寧子は生活費を使い込んでいたが、大金を持ち出すようなことはしていなかった。だから司に指示をして、祖父が持っていた現金を寧子の部屋に隠した。

司との連絡には、あの教会を使った。聖堂の長椅子の前から三番目、右側の椅子の下に封筒を貼りつけておく。父のライターの受け渡しにもその方法を使った。手紙は読んだらこまかくちぎって、トイレに流す。

大変だったのは、ピアスだ。

あの日、司が本郷まで行って帰ってくるまでの間に、佐季はおおまかな計画を作り上げた。けれど細かい部分まではとても決められなかった。ピアスを使おうと思い立ったのは、ほとんど苦しまぎれだ。父の女が洗面所にピアスを置いていき、別の女がそれを見つけて騒ぐのを見たことがあったから。

寧子の耳にはピアスホールが開いていたが、持ち物の中には見つからなかった。それで、急いで自転車で往復して、家から父の女のピアスを片方だけ持ってきた。手袋をして指紋を拭い、中根寧子の指紋をつけ、遺体の片方の耳に嵌めた。

（……あの刑事）

あの流《ながれ》という若い刑事が、うまく動いてくれて助かった。二つの事件をどうやって結びつければいいのか悩んでいたのだ。

誰かにピアスを見つけさせなくちゃと考えているところに、ちょうどあの刑事が来た。飲み物を買いにいっている間に、父のベッドに仕込んだ。誘導して見つけさせるところまではうまくいったが、成功するかどうかはわからなかった。同じ警察署内の事件とはいえ、どうやら担当が違うらしい。

うまくいったのは、ラッキーだった。あれで一気に収束に向かった。あの若い刑事はそれなりに優秀なんだろう。

『佐季、会いたい』

日がたつにつれて、司の手紙には切迫感と切なさが増した。会いたい会いたいと、佐季に焦がれている。あと少し、と佐季は言い聞かせた。もうあと少しで、完成する。

(そうしたら……手に入る)

雪がとけ、二人が中学一年生の三学期を終える頃には、事件の捜査は終わっていた。

佐季は児童養護施設に入ることになった。それは覚悟していた。大人に管理される生活になるけれど、あの父親の元にいるよりはましな生活ができるだろう。数年の辛抱だ。そこさえ出られれば、自由になれる。大切なのは先の長い人生だ。もう佐季を縛る人間はいない。

(俺は自由だ)

『佐季、会いたい』

事件以降、司と初めて会ったのは、佐季が養護施設に移る前日の夜だった。

「佐季……!」

顔を見るなり、司は抱きついてきた。しがみついた手が震えていた。

夜の教会聖堂だった。最初は司の家で会おうとしたが、電気も水道も止まっているし、顔見知りの近所の人に見られるのもまずい。それで、以前と同じように教会の裏の窓から忍び込んだ。

司は今、学校の寮で暮らしている。門限や食事の時間が決められているから、夕方はあまり時間がない。佐季も学校から帰ってからは喫茶店の仕事を手伝っている。それで、深夜になってから互いに脱《ぬ》け出して、聖堂で落ち合った。

「佐季、佐季」

司は名前だけを繰り返して、しがみついてくる。佐季はその髪を撫でて、頬を撫でた。顔を上げた司は、一心に佐季を見つめてきた。

会わなかったのは用心のためだけど、予想以上に効果があった。司はきっと、佐季のことしか考えられなくなっている。

(……もっと)

もっと俺のことだけ考えればいい。

「寮、脱け出してきて大丈夫？　見つかったら叱られるんじゃないのか？」

「大丈夫……同室の子に頼んできたから」

司はうつむいて、ぼそぼそと答える。

上半身を向かい合わせて、長椅子に座った。足元でろうそくがあえかな光を投げかけている。窓も扉も閉めているけれど、空気はかすかに動いているらしい。明かりはゆらゆらと揺れ、マリア像やキリスト像が作る陰影も揺れていた。

「司、ちゃんとごはん食べてる？　また痩《や》せたんじゃないか。寮ってどんなところ？　同室の奴はどんな奴？」

「……」

矢継ぎ早に問いかけても、司は顔を上げない。何か重たいものがその心を沈めているように見えた。当然だろう。人を死なせてしまったのだ。けれどそれだけじゃないように見えた。

「司、どうした？」

「……佐季」

固い長椅子の上で、司がきつく拳を握った。

「少し前に、僕のところに刑事さんが来た」

「刑事？　何を言ってた？」

「中根さんを……階段から突き落としたのが誰かわかったって」

司はごくりと大きく唾《つば》を飲み下した。

「その人は……」

大きくて重くて、喉からその言葉を取り出すにはとても力がいるというように、司は一度黙った。白っぽいろうそくの光の中でも、いっそう顔が青褪《あおざ》めていた。

「……自殺したって……」

自分の言葉に自分で怯えて、司はぎゅっと身体を縮めた。

佐季は黙って司を見つめた。頭の中では、どう言うのが一番いいだろうと忙しく考えをめぐらせていた。

司は佐季を見ずに、何度も唇を嚙んだり唾を飲んだりしながら続けた。

「僕、その人のこと刑事さんに訊いたんだ。君は知らなくてもいいって言われて、あまり教えてもらえなかったけど、自分でもいろいろ調べてみた。——その人」

意を決したように、司はやっと顔を上げた。

「佐季のお父さんなんだろう?」

「——」

真正面から目を見られて、一瞬、呼吸が止まった。

司の目には、今まで見たことのない強い光があった。これまでの司はただひたすら怯えていた。怯えて、佐季の言う通りにしていた。だけど今は真ん中に硬い芯ができたみたいだ。それが司を気丈に奮い立たせている。

佐季は口を開け、ふと言葉を見失い、それから長くため息を落とした。

「……偶然なんだ」

「嘘だ、そんな」

「本当だ。お父さんはアルコール中毒でお酒ばかり飲んでて、飲むと決まって死にたいって言ってた。司のおじいさんの薬をもらったのは、お父さんが眠るのが怖いって言ってたからだ。でもお父さんは、薬を渡したらそれを見てじっと考え込むようになって……」

「……」

司が自分を見ている。佐季の舌は、まるでそれ自体が意思を持った生き物みたいになめらかによく動いた。

「でも、お父さんが死んでいるのを見つけた時に思ったんだ。――これで司は警察に行かなくてすむ、って」

「…っ」

小さな石つぶてをぶつけられたように、司はびくりと肩を跳ね上げた。

「もちろん俺が勝手にやったことだ。司にはなんの関係もない」

佐季は急いで言った。

「だけど俺たちが知り合いだってことがわかったら、きっと追及される。そしたら俺たちがやったことがばれて、司は警察に捕まってしまう」

司は目を見開いて、まじまじと佐季を見た。息をすることさえ忘れているみたいに。

やがてゆっくりと胸が上下して、長い長い息を吐いた。瞳の焦点が佐季から逸《そ》れて、どこでもない場所を見ている。

「だから、絶対に誰にも言っちゃだめだ。俺たちが会っているところを見られてもいけない。いいね？」

「……でも」

司の瞳は迷うように揺れていた。きゅっと唇を噛《か》む。

「でも、やっぱりだめだよ。佐季のお父さんは何もしてないのに」

「いいんだよ。だって、もう死んでるんだ。死んじゃったあとのことなんて、本人にはわからないだろ？」

「そんな……そんなわけには」

「司のためなんだよ！」

大きな声を上げると、司はびくっと全身を震わせた。

「全部、司のためなんだ。司を守るって言っただろう？　俺にはこうするしかなかったんだ」

「――」

佐季は目を瞠《みは》っている司の肩を引き寄せて、きつく抱きしめた。

「俺にはおまえだけなんだ」

「……」

司は何も言わない。腕の中で微動だにしない。さあ、と佐季は思った。祈るような気持ちだった。

(さあ。落ちろ)

落ちてくれ。この腕の中に。

見てくれ。こんなに犠牲を払ったんだ。

——だから俺のものになってくれたっていいだろう？

「……佐季」

ずいぶん時間がたった気がした。腕の中で、小さく名前を呼ぶ声がした。

佐季は司の両肩をつかんで、そっと胸から離した。

司は泣いていた。黒い瞳から、音もなく涙があふれてこぼれている。怯えて震えていたり、泣きじゃくっている泣き方じゃない。ただ静かに、人形が涙を流すように泣いていた。

その瞳がゆっくりと動いて、佐季を見た。

「佐季のためなら、なんだってする」

静かで、けれどしっかりした声だった。

司は自分から腕を回して、佐季を抱きしめた。強く、全身で包み込むように。今までたくさんの人間が佐季に触れてきたけれど、そんなふうにした人は一人もいなかった。

「僕にも佐季だけだ——」

（……やった）

腹の底から、うねるように喜びが湧き上がってきた。

（手に入れた）

ずっと遠くから眺め続けた、丘の上のお屋敷の王子様。

（落ちてきた）

今、腕の中にいる。

「司……」

司の頬に触れて、顔を上げさせた。間近で瞳を見つめる。佐季は父親によく似ていると言われる自分の顔が嫌いだった。だけど目を見つめれば、たいていの女はうっとりしたりどぎまぎした顔をしたりする。年上も、年下も、時には男も。

「佐季…？」

司の目にはまだ涙が残っていた。その目尻の涙を、舌で舐めて拭った。

司はキュッと肩をすくめる。とまどう様子なのを抱きすくめて、目尻にキスをして、頬に滑らせた。そうしてそのまま、唇を重ねた。

「…ッ…」

司の体は大きく波打った。でも腕の中から逃げようとはしない。

「ん…ッ」

最初はゆるく重ね合わせるだけにして、舌でそっと唇をたどった。司は人形みたいに身体を強張《こわば》らせている。その反応で、初めてなんだなとわかった。司の唇はなめらかで水気があって、口紅をべたべたつけた女の唇とはまるで違う感触がした。

「嫌…？」

唇を離して、おそるおそる訊いた。

「司が好きなんだ。嫌か?」

「……いや、じゃない」

頬を上気させて、司は佐季にしがみついてきた。

「僕も佐季が好きだ——」

ジジ、とろうそくの芯が燃える音がしていた。

聖堂の固い長椅子の上で、唇と身体を重ね合わせた。最初は浅く。それから少しずつ深く。

高い窓から月の光が射し込んでくる。誰も見ている人はいない。誰も知らない。うやうやしく掲げられたキリスト像もマリア像も、ただの偶像でしかない。何もしないし、できない。

「ん、……んっ」

司はキスが下手だった。うまく呼吸ができないでいるのを誘導して、少しずつ舌を侵入させる。舌先を触れ合わせ、そっと絡み合わせた。

「ん、さ、佐季……待って」

唾液《だえき》が唇の端からあふれそうになる。佐季は司の顎《あご》を上向かせて、囁いた。

「飲んで」

「んっ」

コクンと司の喉が鳴った。

顎を戻して、司は熱い息を吐いた。恥ずかしそうに拳で唇を拭う。

「唾、俺のも混じってるよ。飲むの嫌だった？」

司は首を振った。涙目になって、走ったあとのように息が切れている。

「……佐季とちょっとでも一緒になれる気がして、嬉しい」

「司……」

キスなんて気持ちよくないし好きじゃないと思っていたけど、司としていると、どんどん欲しくなってくるのが不思議だった。口の中を侵して、息を上げさせて涙を浮かべさせて。そうやって司を乱れさせると、もっともっと欲しくなった。

「……司の身体、さわっていい？」

「…ッ」

セーターをまくってシャツの下に手を這《は》わせると、細い身体がビクッと跳ねた。

三月半ばの夜で、板張りの聖堂はまだ寒い。服の中の肌は、佐季の手にはとても温かかった。反対に、佐季の手は司には冷たすぎるだろう。だけど最初にびくりとしただけで、司は逃げなかった。

温かくなめらかな肌を、ゆっくりと撫でる。キスを繰り返していると、シャツの襟元《えりもと》からふわりと温かな空気が立ちのぼって鼻をくすぐった。司の匂いがする。

「あ、…ッ」

あるかないかもわからないような平たい乳首に触れると、司が小さく息を呑んだ。

やわらかいそれを指先でつまんでみると、しこりができて硬く立ち上がる。そこは女と同じなんだなと思った。弄《いじ》っていると、司は身をよじって逃げたそうにした。

「や、さ、佐季……何するんだ」

「嫌？」

「嫌っていうか……わ、わかんないよ」

「気持ちよくなるまで、してみよう」

「や、そんな……やだって、気持ちよくなんて……」

「ならない？」

「…っ、…」

司は耳まで赤くなっている。かわいいなと思った。きっと、まだ何も知らない。佐季しか知らない。

「ん……、…ふっ」

たくさん舌を入れて、舌と唾液を絡めて、佐季もしたことがないようなキスをした。いやらしい音の出るようなキスだ。そうしながら、指先で司の乳首を弄った。もう片方の手もシャツの下にすべりこませて、温かい肌を存分に撫で回す。

司は以前より痩せていて、女よりもずっと締まった身体で硬い骨の存在も感じるのに、その肌は女よりも密でなめらかだった。手のひらにしっとりと吸いついてくる。俺のための身体、と思った。

「や……っ、佐季……」

長く弄られていると、そこが赤くなって痛いような痒《かゆ》いような変な感覚になるのは知っている。司は自分よりも敏感なのかもしれない。少しきつくつまむたびに小さく肩を揺らす。初めてだからよけいに恥ずかしいんだろう。

「佐季……こういうこと、慣れてるの？」

はあ、とため息のように吐いた司の息が熱かった。

「司はしたことない？」

司はぶるぶると首を振った。

「ない、ないよ、そんな……」

「よかった」

笑みがこぼれた。司はそんな佐季から目を逸らす。

「佐季は……女の子としたことあるのか」

「女の子っていうか、女の人だけど。俺、親父の女のオモチャにされてたからさ。でもそういう人のこと好きじゃなかった。嫌いだった。好きな人とこういうことするのは、司が初めてだよ」

「……」

赤くなってうつむく司に、すくい上げるようにキスをする。最初は固まっていた舌が、ぎこちなく応えてくれるようになった。司は一生懸命に佐季に合わせようとしている。

「ね、もう少し……いい?」

肌をまさぐっていた手を、ジーンズの上から脚の間に滑らせた。

「…っ」

司は息を呑む。佐季のブルゾンの胸のあたりをぎゅっと握った。

「お、女の人と……そういうふうに、したの」

「うん。ちょっと……気持ちよかったかも。だから司にしてやりたい。いいだろ?」

「……」

わざと司の嫉妬心《しっとしん》を煽《あお》った。もっともっと、俺のことしか考えられなくなればいい。ためらいを押し潰《つぶ》すようにキスをして、舌を絡めながらジーンズのボタンを外してファスナーを下ろした。司が身じろぎする。長椅子がギシリと鳴って、二人の動きでろうそくの炎が揺れた。暗い陰影になった聖堂の景色も揺れる。

「あっ」

下着の中に手を入れると、初めて司は逃げようと腰を後ろにずらした。

「大丈夫。大丈夫だから」

急いで言って、またキスで口を塞《ふさ》ぐ。首筋に唇を這わせて、シャツをジーンズから引き出した。

「さ、佐季……怖い」

「大丈夫だよ」

初めて触れた司の性器は、手の中で怯えて縮こまっていた。他人に触れられたことなんてないんだろう。

「司……好きだ」

呪文のように囁いて、縛るようにキスを繰り返す。

シャツをまくり上げると、冷たい空気にさらされたせいか司の肌が粟立った。さっきさんざん弄った乳首にキスをする。ねっとりと舐め上げて、吸って、キャンディーみたいにしゃぶった。

「好きだよ。俺には司だけだ」

「んっ…」

赤くなった乳首を舐め回し、時おり小さく歯を立てると、司はびくんと身体を揺らす。同時に、手の中の性器も震えた。乳首を舐め回すのと連動するようにして、ゆっくりと、ねっとりと性器を撫で回す。怖がらせないように。

いや、怖がってくれていい。こんなことが怖くないはずがない。佐季だっていつだって怖かった。

「司……お願い、俺の名前を呼んで」

耳たぶにキスをして、囁いた。名前を呼んでほしい。本当はいつだって、怖かったから。

「佐季、佐季……」

一度は逃げようとした身体がしがみついてくる。乳首は真っ赤に充血して硬くなり、性器も少しずつ硬くなってきた。少しきつく握って扱いたり、先の方を指先で引っ掻《か》いたりする。そのたびにビクビクと敏感に反応して、佐季の手の中で形を変えた。

「司、足、閉じないで」

「や…やだ……恥ずかしいよ……」

長椅子の上でごそごそと腰を動かす司は、きっともうずいぶん感じてきているんだろう。初めての快感に、目が潤んで呼吸が小刻みになっている。時おり、キュッと唇を噛んで声を我慢する仕草を見せた。そのたびに佐季はキスで口をひらかせようとする。もっと乱れて、もっと恥ずかしくなって、ぐちゃぐちゃになればいい。

司の背中に手を回して、体重をかけて長椅子の上に押し倒した。ジーンズと下着をまとめて膝までずり下ろす。司は両腕で佐季にしがみついて、肩口に顔を埋めた。

「や、あ、あ…っ、佐季…ッ」

固い長椅子の上で、司の細い身体はびくびくと魚のように跳ねた。乳首は両方とも赤く膨らんで、唾液に濡れている。

佐季はちらりと唇を舐めた。かがんで、司のへその周りに舌を這わせる。その下で弄っている性器は、もうはっきり立ち上がっていた。先端からこぼれている雫《しずく》がろうそくの光になまめかしく光る。

「や、やだ、佐季……も、もう放して」

感じ始めると、司は早かった。最初はこわばっていた身体が、ある一点の熱を超えると急にクリームみたいにとろけてしまう。どこもかしこも感じるみたいで、指先ひとつ、舌先ひとつに敏感に反応して、震えて声を漏らした。中学生になった司は生真面目そうに見えるけど、きっとこんな姿は同級生は想像もつかないだろう。

(俺だけのものだ)

「放してって」

「どうして? 司、気持ちよさそうに見える。放したら司が困るんじゃないの?」

司の耳元で、少し意地悪に囁いた。こういう意地悪なやり方は、女によくやられるから知っている。

「だ、だって……」

「いきそうなの?」

「……」

司は泣きそうな顔をしてうつむいた。

「司、変なことじゃないよ。誰だって、こうされたらそうなるんだ。誰かほかの人の前でいったことある?」

司はぶんぶんと首を振った。

「あ、あるわけない…っ、そんな」

「そう。よかった」

佐季はうっとりと微笑《ほほえ》んだ。自分の微笑みがどんな効果を上げるかは知っている。

「こんな司を知ってるのは俺だけなんだな。嬉しい。じゃあ……俺の前で、いって」

「さ、佐季…っ」

「司の全部が見たい」

片足の膝裏に手を入れて、窮屈な姿勢で抱え上げた。

司は逃げたそうに身悶《みもだ》えする。性器を少しきつく握って、自由を奪った。へそにチュッとキスをしてから、足の付け根の敏感なあたりにたくさんキスを落とす。そうしながら、指の動きを早くした。

「あ、あ、だめ、やだって、佐季…っ」

司はほとんどパニックになっているみたいだった。震えて蜜をこぼす性器の先端にキスをすると、真っ赤になって起き上がろうとする。だけど根元をきつく握ると、のけぞっていやいやをするように首を振った。

「い、痛……あ、やっ」

「司……いいよ。いって」

根元を握った指をゆるめる。ちらりと唇を舐めてから、佐季は司の性器を口に含んだ。

「あッ……！」

以前、狭いアパートで暮らしていた時、同じアパートの男の部屋に連れ込まれたことがあった。ナイフを向けられ、そいつの性器を咥《くわ》えさせられた。苦しくて苦しくて、嚙みちぎってやろうかと思ったけど、殺されると思ってできなかった。涙を滲ませて早く終われとそれだけを念じながら、必死でしゃぶった。

キッズモデルをやらされていた時に、仕事相手の男に体を触られたこともあった。もちろん父は助けてくれなかった。嫌で嫌で逃げ出すと、あとで父にしたたかに殴られた。大人はみんな、佐季を食い物にしようとする。

「あ、嘘…っ、や、やだ……佐季っ」

司の性器は大人の男のそれとは違って、ちょうど佐季の口に収まった。たくさん唾液を使って、わざと音が出るように舐め回す。キャンディーバーをしゃぶるみたいに。時おりジュッと吸うと、司の身体が大きく跳ねた。

「あっ、や、やだあ……あ、ああ…ッ！」

大人にやらされた時のような嫌悪は、まったく感じなかった。乱れれば乱れるほど、司のことが愛おしくなる。佐季のためだけの、素直な身体。

「いって」

「……ッ！」

口を離して囁いて、それから根元までくわえてきつく吸った。司は声もなく佐季の口の中で達した。

「あ、……あぁ」

放心したような、どこか悲しそうな声が漏れる。口の中いっぱいに広がった青臭い液体を、佐季はゴクリと音を立てて呑み下した。

司の身体は余韻のような痙攣《けいれん》に小さく震えている。佐季は口を拳で拭い、それから舌を使って丁寧に司の濡れた性器を拭った。

「うっ——」

しばらくすると、上の方から押し殺した呻《うめ》きが聞こえてきた。

「う、う……っ」

身を起こすと、司が泣いていた。初めての体験と快楽とショックと、いろんなものがいっぺんに来たんだろう。そんな様子も、たまらなく愛おしかった。

「司、泣かないで」

司は横向きにうずくまって、顔を拳で隠している。そのこめかみに優しくキスを落とした。

「俺はすごく嬉しかった。司とこういうふうになれて」

「う、嬉しい……?」

司が拳の隙間から佐季を見た。涙と羞恥で顔がぐちゃぐちゃになっている。

「うん。嬉しいよ。こんなふうにしたいって思ったの、司が初めてなんだ。もっと、もっと司のことが欲しい」

「もっと……?」

司はとろけたような目で佐季を見上げる。

「司と最後までセックスしたい。いいだろう?」

「セッ……クス、って……」

痺《しび》れた脳に言葉の意味が到達する前に、もう一度片足を抱え上げ、裸のままの尻に手を滑らせた。

「っ……!」

瞬時に司は怯えた。セックスで何をするかは知っているだろうけど、男同士のそれは想像したこともないかもしれない。だってお屋敷の王子様だ。綺麗で純粋な王子様を——これから自分が、汚す。

「司、好きだ、好きだよ。お願い……」

キスを繰り返すと、司は反射的に応えようとする。未熟な口腔《こうこう》を司がついていけないほど激しくかき回しながら、両手で下半身をまさぐった。萎《な》えた性器をもう一度優しく愛撫《あいぶ》して、指をそろそろと尻の狭間《はざま》に進める。

「んっ…ふ、あ、佐季…っ」

「大丈夫だよ」

大丈夫だからと、何度も優しく嘘をついた。大丈夫なはずがない。これからめちゃくちゃに壊すんだから。壊して、手に入れる。

「あっ、さ、佐季！」

指を入れようとすると、司は腰を大きく跳ねさせて激しく抵抗した。性器を乱暴に握って、反対にキスは優しくして、抵抗を押さえ込む。

「司、おとなしくして」

「や、やだ……」

司のそこはひどくきつかった。指一本もままならない。怯えて身体を硬くしているからなおさらだ。

入口の周囲をマッサージして、丁寧にほぐす。佐季は自分の指を舐め、唾液をからませた。ほんの少し入れて動かして、馴染んだらまた引き出して指を濡らす。片手で弄っている司の性器はなかなか反応しなかった。

「佐季、や、や……それ、やめて」

「大丈夫だから」

時間をかけて、ようやく指一本を抜き差しできるようになったが、司のこわばりはなかなか解けなかった。怯えてぎゅっと目を閉じている。睫毛に涙が光っていた。

「……司、お願い」

かすれた声が口からこぼれた。

司が目をひらいた。

「お願い、好きなんだ……司とひとつになりたい」

「……」

黙って佐季を見つめていた司が、ふっと手を伸ばしてきた。佐季の頬に触れ、目の端に触れる。涙を拭う仕草だった。

「――」

佐季は驚いて瞬きした。びっくりした。自分が泣いているなんて。もうずいぶん長い間、どんなにつらいことがあっても涙なんて流さなかったのに。

「佐季……」

司は上になっている佐季の首に腕を回してきた。しがみついてくる。いや、佐季を抱きしめている。司は佐季よりも小さい身体で、いつも佐季を抱きしめようとする。

「佐季のしたいこと、なんでもしていいよ」

優しい声が、耳元で囁いた。

「僕も佐季と……ひとつになりたい」

司が唇を寄せてきた。今夜ひと晩で数えきれないほどキスをしたけど、司からキスをしてきたのは初めてだ。たどたどしく唇を合わせ、おずおずと舌を入れてくる。

「佐季……ん、んッ」

一度抜いた指を、またゆっくりと差し入れた。舌を絡ませながら、もう片方の手で性器を扱く。

司の性器はようやく反応して、もう一度硬くなってきた。今度は、射精させるよりもゆっくり快楽を引き出して育てるように、じわじわと愛撫した。司の中でまた熱がうねり始めるのがわかる。司の身体のことなら、手に取るようにわかる。

「司……」

幼い性器は強すぎる刺激にとまどっているみたいだ。すぐに固く立ち上がるよりも、ふるふると震えて雫をこぼしている。その雫を指にからめて、奥を濡らした。たっぷりの唾液と精液を塗り込め、ぐちゅぐちゅと音がするまで指で犯す。

「司、入れるよ」

足を高く抱え上げると、佐季にしがみついたまま、司はぎゅっと目を瞑った。

「ッ……——！」

やっぱり、指でどれだけほぐしても衝撃と苦痛は大きいらしかった。きつく閉じた目から涙がこぼれ、司は息を止めてしまっている。知っている。痛いし、怖い。自分がばらばらになりそうな気がする。

「司、息止めないで。大丈夫、ゆっくりするから」

「さ、佐季……怖い」

「大丈夫だよ。ほら、息吐いて」

背中にしがみついた指に痛いほどに力がこもる。一気に全部は挿入できなくて、一度止めてから、じわじわと腰を進めた。司は顔をのけぞらせて苦しそうに息をしている。狭くてきつくて、佐季の方も苦しかった。

それから、熱い、と思った。司の中は、今まで知った誰の身体よりも熱い。

「佐季、怖い」

「好きだよ、司」

「怖い、怖い……！」

(もっと)

もっと怖がってくれ。もっと怯えてくれ。

だって俺がこんなに怖いんだから。

本当はいつだって怖かった。大人に弄られる時も、父に殴られる時も。

練炭とコンロを買った時だって、部屋の真ん中にコンロを置いて、ひと晩中眠れずに考え続けた。睡眠薬を飲んで眠った父を苦労して車に運び、ドアを閉めたあとは、手の震えが一日中止まらなかった。今でも夜中にうなされて飛び起きることがある。

毎日怖くて怖くて、世界中が敵だった。司以外は。

「あ、あ……ッ！」

全部を収めると、司の身体は痙攣するように震えた。内部がぎゅうっと締め上げてくる。腕に強い力がこもった。身体の全部を使って、司は佐季を包み込んだ。

「佐季…っ」

名前を呼ばれると嬉しくて心臓が震える。

佐季は目を閉じて囁いた。

「司だけだ――」

だからもっと怖がって、もっと世界を怖れて、周り全部を敵にしてくれ。

そうしたら、俺が味方になるから。世界でたったひとりの人になるから。俺だけが、おまえのすべてになる。

（そのくらい、いいだろう？）

だって俺にとっては、おまえがすべてなんだから。

「佐季、佐季、佐季……！」

その唇が壊れたみたいに自分の名前だけを繰り返すのを、佐季はうっとりと聞いた。きつい
けれど抵抗のない身体を、奥まで犯して思う存分に貪《むさぼ》る。司はされるままで声を上げ続けた。

「佐季、佐季、あ、あ、あ——！」

（手に入れた）

血の沸き立つような悦びに、全身が震えた。

手に入れた手に入れた手に入れた——

（俺のものだ）

もう離さない。

3

そもそも気にかかるのは、ピアスだった。

龍一《りゅういち》は喫茶『スワン』にいた。うまくもまずくもないナポリタンスパゲティ。北川洋次《きたがわようじ》の事件が片付き、佐季《さき》が児童養護施設に移って以降、この店を訪れるのは初めてだった。

龍一と梁瀬《やなせ》は、今は路上強盗を追っていた。夜道で背後から自転車で近づき、頭を殴りつけてバッグを奪うという悪質な犯行が頻発していて、重傷者も出ていた。目撃者を探して聞き込みをしている時に、たまたま『スワン』の前を通りかかったのだ。「ここで昼メシにするか」と言い出したのは梁瀬だった。

梁瀬は松居《まつい》夫妻に佐季の様子を尋ねている。梁瀬も気になっているらしい。

「あたしらも一度面会に行ったんですけどね。元気そうでしたよ。まあ、気丈にふるまっているのかもしれませんけどね……。あたしらもびっくりしましたからねえ。単なる自殺だと思ってたのに、あんな」

奥さんが大げさに顔をしかめると、旦那は気の毒そうに声を落とした。

「まあでも、佐季くんにはなんの責任もないことですからね。子供は親を選べませんから。早く事件のことは忘れて、一から出直してほしいですよ」

（一から出直す、か）

事件の影響を考慮して、佐季は同じ県内でも離れた場所の施設に入っていた。中学校も転校している。事件と親を完全に拭《ぬぐ》い去ることはできないかもしれないが、少なくとも新しい生活は始められているだろう。

「施設はきれいで環境のいいとこでしたし、先生方もきちんとしてましたからね。よかったんですよ。あの子にはこれで」

松居の奥さんはしみじみと言って、一人でうんうんと頷《うなず》いていた。

「そりゃあ何よりです。いや、話を聞けてよかったですよ。……じゃあ、そろそろ失礼するか。なんだ、まだ食ってないのか?」

「あ、すいません」

考え事をしていてフォークが止まっていた龍一は、慌てて残りのナポリタンをかき込んだ。

聞き込み中に音澤司《おとざわつかさ》の姿を見かけたのは、それから数日が過ぎたのちのことだ。

路上強盗は自転車で巧みに細い道を逃げている。土地勘のある人物の犯行だと思われた。犯行地点を中心に範囲を広げながら聞き込みをしていて、ある教会に入ろうとした時、そこに音澤司がいたのだ。

教会はこぢんまりとした年季が入った建物で、門を入ると樅《もみ》の木があり、横手に花壇や野菜畑が作られていた。司は花壇の近くに一人で佇《たたず》んでいた。

梁瀬は音澤司と面識がない。教会の扉の前で待ってもらって、一人で声をかけた。

「やあ。こんにちは」

司はゆっくりと振り返った。なんだかぼんやりした顔をしていて、すぐには龍一のことがわからないようだった。無理もない。音澤家の担当は他にいて、龍一は一度会ったきりだ。

「ああ……えーと、山手《やまて》署の刑事さん」

名乗るとなんとか思い出したようだが、司は首を傾げた。

「どうしてここに?」

「いや、この近辺でひったくりがあってね。教会の人に話を聞こうと思って」

「そうですか」

司は興味なさそうに、すぐに視線を落としてしまった。

「君はどうしてここに?　今は学校の寮に入ってるんだよな」

「母と一緒に通っていた教会なので……」

「ああ、そうなんだ。…あ、これ」

司が見ていたのは花壇ではなく、大きな木の根元だった。そこにたくさんの白い花が咲いている。あの雪の日、音澤家の庭に咲いていた花だ。あの時は雪の下からぽつぽつと咲き始めの顔を覗《のぞ》かせていたが、今は下生え一面に咲きひらいている。

「マツユキ草だよな。えーと、スノードロップともいうんだっけ。けっこういろんなところにあるんだな」

「スノードロップは聖燭節《せいしょくせつ》の花とされていて、昔から修道院の周りにはよくあるそうです」

「せいしょくせつ？」

「天使がマリアに受胎《じゅたい》を告知した日です」

「へえ」

「……アダムとイブが楽園を追われた時、雪が降っていて」

視線を白い花に落としたまま、司は棒読みのような感情のこもらない口調で言った。

「絶望していたイブを慰めるために天使が雪に息を吹きかけると、その雪の落ちたところに白い花が咲いたそうです。それがスノードロップです」

「詳しいんだな」

「母が植物が好きだったので……ここの神父様にもいろいろ教えてもらいました。その伝説から、スノードロップの花言葉は〝逆境の中の希望〟というんです」

司はあの時に比べてやけに饒舌《じょうぜつ》だ。何か重いものが心に蓋をしていて、うわの空のまま喋《しゃべ》っているようにも見えた。

人は不安な時に饒舌になる。自分にも相手にも目眩《めくら》ましをかけるためだ。天涯孤独になり、急に環境が変わって、少年は必死に孤独と闘っているのかもしれない。

「でも、人にこの花を贈ると、別の意味になるそうです」

「別の意味って？」

無表情に喋っていた司の顔が、一瞬、翳《かげ》った。どこか暗いところに心が引っぱられたみたいに。けれどすぐにぼんやりした様子に戻って、続けた。

「……〝あなたの死を望みます〟」

「――」

ちょっと、絶句した。軽く鳥肌が立った。

「そりゃまたなんで」

「さあ。白い花びらが死に装束を連想させるからだったかな……」

あまり似合わない投げやりな口調で言ったあと、少年は口を閉じた。

沈黙が落ちる。本格的な春の到来を迎えて、教会の花畑には色とりどりのチューリップやすみれが咲いていた。春爛漫《らんまん》の色の中で、音澤司の周りだけはモノトーンに沈んでいるように見える。

龍一は梁瀬が待っている方を振り返った。音澤家と北川洋次の事件は終わった。今、集中しなければいけないのは路上強盗だ。もう行かなければいけない。

けれど、なかなかその場を離れられなかった。どうしてか、この少年のことが気にかかって仕方がなかった。

(それに、ピアスだ)

「そういえば、お母さんもおじいさんもキリスト教徒だったんだよな。君もそうなの?」

天涯孤独になった少年は、この先の人生を神を救いにして生きていくんだろうか。そう思って訊《き》いてみた。龍一にはわからない世界だが、せめて救いがあるならマシだ。

「……祈っても、おじいちゃんもお母さんも帰ってこない」

ひとり言のような芯のない声で、司は呟《つぶや》いた。

「神様は何もしてくれない」

「……」

司は花を見ていない。明るい春の庭で、彼はどこでもない空間を一人で見つめていた。伏せられた瞳は、彼にしか見えない目の前の闇を映したようにぽっかりと黒い。

まいったな、と龍一は頭を掻《か》いた。想像したよりも彼の孤独は深いのかもしれない。だけど龍一だって、何もしてあげられない。警察のできることには限界がある。

「……蛇がいるんだ」

小さな声でぽつりと、司が呟いた。何を言ったのか聞き取れなくて、龍一は「え?」と訊き返した。

司は顔を上げて、まっすぐに龍一を見た。

暗い目をしていた。事件には巻き込まれても、育ちのいい素直そうな少年だったのに。ほんの短い間にいくつも年を取ってしまったみたいだ。

「刑事さんは、アダムとイブがどうして楽園を追われたか知っていますか」

「えっ」

いきなり問われて、龍一はさらに髪をかき回した。まいった。苦手分野だ。龍一には苦手なものが多い。

「えーと、あれだろ？　林檎《りんご》を食べたんだよな。あれ、なんで林檎を食べちゃいけなかったんだっけ？」

「知恵の樹の実だからです。食べることを禁じられていたのに、蛇にそそのかされて食べてしまったんですよ」

「でも、なんで知恵をつけちゃいけないんだ？」

「……善悪の知識を知らなければ、アダムとイブは楽園で平穏に過ごせたんだ」

「悪を知らずに、のうのうと平和に？　オレはそれがいいとは思わないな」

「……」

司はじっと言葉を待つように見つめてくる。自分は警察官だという自負から、思わず口をついて出た。

「この世には悪がある。それに目を背けて、知らないでいる方がしあわせだなんてオレは思わない。だって、知らないと退治できないじゃないか」

「……退治」

大人げないことを言ってしまった。司は小声で呟いてから、龍一から目を逸《そ》らした。

目を逸らした先にスノードロップが咲いている。司はしゃがみ込んで白い花を見つめ、静かに口をひらいた。

「神父様は、蛇は他人の口ではなく、自分の中から語りかけてくると仰《おつしや》っていました。それに耳を貸してはいけない、と」

司はスノードロップに手を伸ばした。指先で白い花弁に触れる。花を愛でる仕草に見えたが、次の瞬間、少年の手はその細い茎を折り取った。

「――蛇は僕だ」


路上強盗はなかなか捕まらない。犯行地点が互いに離れていて、成果の上がらない聞き込みには終わりがないように思えた。

でも、これが仕事だ。ひとつひとつはささいな、塵《ちり》のような事実をかき集めること。

(これが警察ってものか)

飽きたわけじゃない。嫌になったわけでもない。でも、目に見えない埃《ほこり》が降り積もるように、少しずつ無力感が胸に積もっていくような気がしていた。あの時からだ。街角の小さな教会で、音澤司に会って以来。

――蛇は僕だ。

警察のできることには限りがある。事件を解決することで救われる心もあるだろうが、死んだ人や失われたものは返ってこない。警察はただ表面の出来事を片付けて、終わったら次へ行くだけだ。被害者やその周辺の人たちは、失ったものを抱えたまま生きていかなくてはいけないのに。

仕方がない。それが仕事だ。仕事にも人にもそれぞれ役割がある。たとえば神父は傷ついた心の支えになれるかもしれないが、事件を解決することはできないだろう。

警察はヒーローじゃない。事が起きてしまった後にやってきて、後片付けをするだけだ。人助けすらできているかどうか。

(オレも青いな)

こんなことを先輩たちに話したら、きっと笑われるだろう。別に正義の味方になりたいなんて青臭いことを考えて警察官になったわけではないけれど。

無意識にため息が出た。すると、隣の席で並んで蕎麦《そば》をすすっていた梁瀬がちらりとこっちを見た。

「龍はここんとこ、何か気にかかることがあるみたいだなあ」

「え、あ、いえ」

しまった。今は路上強盗に集中しなくてはいけない時だ。野放しにしておいたら、また被害者が出る。これこそ警察のやることだ。

「なんでもないです」

ずず、とつゆをすする龍一を、梁瀬は黙って眺める。それから自分の丼に向き直って、なんでもなさそうな口調で言った。

「おまえさん、北川洋次の事件の資料を読み直してるだろう」

「……知ってたんですか」

「そのくらいはなあ。退官前の大仕事が、おまえの教育係だし」

そうだ。梁瀬はもうすぐ定年退職だ。このまま行けば、大きな失態はなく警察人生を終えるだろう。訊いてみたい気もした。警察の仕事とはなんなのか。

だけどそんな大上段に構えたことを、こんな蕎麦屋のカウンターじゃ訊けない。梁瀬は食べ終えた丼を脇に寄せ、熱い茶をすすった。

「何か気になることがあるんなら、言ってみろ」

龍一はコップの水をごくごくと半分ほど飲んで、ふうと息をついた。そして、口をひらいた。

「ピアスです」

「おまえさんが見つけたピアスか」

「ええ」

龍一自身が北川の部屋で見つけて、中根寧子《なかねやすこ》と北川洋次を結びつけるきっかけとなった、赤いピアス。

――あのピアスは、どうして中根寧子の片耳についていたんだろう？

「片方をなくしたピアスを、もう片方だけ耳につけたりするものなのかなって。まあ、ささいなことなんですが……仮にあれが北川からのプレゼントで、会う時に必ずつけていたとしても、そんな状況ではなかったですよね」

音澤老人が死んで、焦っていた時だ。梁瀬は肯定も否定もせず、軽く頷《うなず》いて先を促した。

「それに寧子は家の中にいて、普段着でした。遺体の服装に、きらきらしたピアスはちょっと浮いていた。だから写真を見た時になんとなく違和感があって、印象に残ってたんですよね……」

たいしたことじゃないかもしれない。単に気に入って、いつも身につけていたかったのかもしれない。だけど、どうにも気にかかった。なんだか――やけにタイミングよく、意味ありげに出てきた気がして。

本当はこんなこと、口に出したくなかった。あれは龍一の手柄だ。まったく関係がないと思われていた二つの事件の、隠された繋《つな》がりを見つけた。刑事になって初めての快挙だった。

あのピアスが突破口となって、次々と新しい事実が出てきたのだ。パズルのピースがはまるように事件が解かれていくのは、ぞくぞくするような快感だった。これが刑事の醍醐味《だいごみ》だと思った。

それに事件はもう終わっている。寧子も北川も亡くなり、それぞれの家の子供たちの行き先も決まった。今さら小さな違和感を掘り返したって意味がない。

「あと……」

けれど、考え始めると、気になることはまだあるのだ。

龍一には、北川洋次という男が自殺をするような性格には思えなかった。寧子とは不倫で、二人の仲を誰も知らなかったんだから、寧子が死んでも北川は疑われることはない。現に、まったくのノーマークだったのだ。アルコール依存症気味だったとはいえ、まだ捜査の手が伸びてもいないのに自殺する必要があるだろうか。

「北川が練炭を買った店も、結局見つかりませんでしたよね。自殺なら遠くの店で買う必要はないのに。それに練炭自殺はここ最近増えてるけど、北川はやり方を知ってたのかなって。準備が必要だし、発作的に選ぶ方法じゃない。北川みたいな男には似合わないっていうか……まあ、印象でしかないんですが」

歯切れ悪く、言い訳するような口調で龍一はぼそぼそと喋《しゃべ》った。梁瀬は何気ない口調で返した。

「でも、印象ってのはけっこう大切だからな」

「……」

「まあ、それが先入観になっちゃいかんが」

ひょっとして、と思った。龍一は梁瀬の方を向いて、ためらいがちに口をひらいた。周りを気にして小さな声になった。

「もしかして……梁瀬さんも疑ってるんですか？」

ベテラン刑事は、ひょいと眉《まゆ》を上げた。

「疑う？　おれが何を？　じゃあ訊くが、おまえさんは何を疑っているんだ？」

「……」

ひらきかけた口から、言葉が出なかった。言えない。あまりにも突拍子がなくて。それにうかつに口に出せることじゃなかった。

「……もう少し考えてみます」

（まさかね）

まさか。まさか。そう思いながら、龍一はとりあえず目の前の仕事に集中しようとした。路上強盗はなかなか捕まらない。連続事件としてニュースに取り上げられ、捜査人員が増えたせいか、次の事件が起こることもなかった。

そうして仕事に追われているうちに春が過ぎ、いつのまにか季節は初夏を迎えていた。

「とりあえずビール」

龍一は馴染《なじ》みのバーに来ていた。山下埠頭《やましたふとう》の近くにあって、外観は古びた倉庫のようだが、中には洗練された空間が広がっている。酒の種類が豊富な店で、とりあえずビールなんてセリフは似合わなかったが、今夜はそういう気分だった。

「お疲れだな」

先に飲んでいた友人が笑みを向けてきた。

今日は晴れて気温が上がり、龍一はジャケットを脇に抱えてネクタイをだらしなくゆるめていた。けれど友人は首元を少し寛げただけで、端正にスーツを着込んでいる。そういう雰囲気が似合う男で、そういう職業の男だった。

「そっちこそ。今日着いたんだろ? 日置《ひおき》」

ボックスシートにどさりと腰を落とし、龍一はジャケットをソファの背に投げ置いた。

「京都《きょうと》はどうだ。もう暑いんじゃないのか?」

「まだまだこれからだな。さすがに真夏の暑さにはなかなか慣れないよ」

言葉とは反対に余裕のある口調で言って、友人はグラスを傾けた。

シルバーフレームの眼鏡《めがね》が似合うこの友人は、検察官だ。大学の同期で、今は京都地検に赴任している。出張で東京《とうきょう》に行くから飲まないかと連絡があり、横浜《よこはま》でいいと言うので、龍一がこの店を指定した。

法学部きっての秀才で、学生の頃から身なりも物腰も端正な日置は、龍一とは正反対のタイプだ。けれど司法試験の勉強をしているうちによく話すようになり、気がつくと一緒にいることが多かった。大学を卒業しても、警察と検察という同じ穴の職業に就いたせいか、つかず離れずの関係が続いている。

ウエイターがビール瓶とグラスを運んできた。グラスに注ぎ、まずは乾杯する。日置はジンをロックで飲んでいた。龍一はごくごくと一気にグラスのほとんどを飲み干し、大きく息を吐いた。

「横浜は物騒な路上強盗がはやってるらしいな」

「まったく、マスコミのせいで上からも下からも叩《たた》かれまくりだよ。ろくに協力してくれないくせに、なんで捕まえられないんだと叩かれる」

「市民ってのはそういうものだよ。納税者様だからな。文句を言うのが権利だ。それしか権利がない」

涼しい顔で皮肉なことを言い放つ友人は、すでに官の立場での悟りをひらいているらしい。

「しかしひどいな。ネクタイぐちゃぐちゃだぞ。いっそ結ばない方がいいくらいだ」

「あー、苦手なんだよ」

「前からそうだったな」

みっともなく首からぶら下がっているだけのネクタイを、日置は横から手を伸ばして直そうとした。龍一は邪険にその手をどけた。

「いいよもう。はずすから。あとは帰って寝るだけだし」

「おまえ、酒飲むと決まってはずしたネクタイなくすだろう。だから結んでおいた方がいい」

「面倒くせえな……」

日置は龍一の方に屈《かが》み込み、乱れたネクタイを一度はずして、適度なゆるみをもたせてバランスよく形作った。その髪から、かすかにコロンのような爽《さわ》やかな香りがする。

「組織や社会と同じようなものだよ。うっとうしいが、体裁は整えておいた方が問題が少ない」

「……」

日置は組織をうまく渡り歩くタイプだろう。対して自分はどうだろう、と龍一は思った。まだまだ駆け出しだが、警察という巨大な組織に馴染めるかどうか。

（ネクタイもうまく結べないしな）

「ここ、いい店だな」

グラスを手にゆったりとあたりを見回して、日置が言った。テーブルの上にはアボカドとブルーチーズのサラダが置かれている。

「酒もつまみもうまいし、適度に人がいて、適度に暗くて、落ち着く」

「最近見つけたんだ。何しろ警察関係者が来ないのがいい」

隠れ家のようなバーは、中に入ると驚くほど広い。観葉植物やオブジェが多く、薄暗くて開

放的じゃないところが気に入っていた。客には外国人も多く、店内にはスロー・ジャズが流れている。

「『ホワイト・ナイト』ね。白い夜か」

「夜じゃなくて騎士の方だってマスターが言ってたぜ。Knight」

「表の看板はnightになってたぞ」

「Kのライトが壊れて点《つ》かないんだ」

日置はクックッと笑った。

「白い騎士、か。なるほどね。アリスかな。経済用語じゃないだろうし」

「アリス？」

「『鏡の国のアリス』だよ。『不思議の国のアリス』の続編の」

「あー、子供向けの童話か」

「アリスは童話じゃなくて、よくできたファンタジーだよ。作者のルイス・キャロルはオックスフォード大の数学と論理学の教授で、『鏡の国〜』はストーリーがチェスのルールに則《のっと》っている」

日置は変なことを知っている。頭のいい男だが、昔から何を考えているのかよくわからないところがあった。

「それに白い騎士が出てくるのか？」

「ああ。馬から落ちてばかりいる白い騎士は、アリスを森のはずれまで送って、自分は森に帰っていく。その時に、アリスに自分を見送って欲しいと頼むんだ」

——長くはかからないさ。わしがあの曲り角まで行ったら、ハンカチをふってくれればいいんだ。そうしてもらえたら心づよいよ。

「まるで俺たちの仕事みたいじゃないか？」

ジンロックの氷をカランと鳴らして、日置は薄く笑った。

「犯罪者を暗い深い森から連れ出して、森のはずれまで送る。彼らがハンカチを振ってくれれば——更生の道を歩み出してくれれば、心強い」

「それでまた、こっちは暗い森に戻るわけか」

犯罪者を狩るために。

「業《ごう》の深い商売だよ」

日置は優雅な仕草でグラスを傾け、味わうようにジンを飲んだ。龍一はビールをまた勢いよく呷《あお》る。連日歩き回って疲れた体に、アルコールがじわじわと効いてきた。体温が上がって、頭のネジがゆるくなってくる。

（蛇は他人の口ではなく、自分の内側から語りかけてくる……）

犯罪者とそうではない人間の境目は、実は紙一重だ。ごく普通の人間がささいなきっかけで罪を犯すのを、龍一はいくらだって見てきた。誰だって自分の中に蛇を飼っている。時にその声に耳を傾けてしまい――でもたいていは、紙一枚を破らずになんとかこちら側にとどまっている。

ビール瓶が空になり、龍一はウエイターを呼んで今度はハイボールを注文した。ずるずると背中をすべらせて、ソファに沈み込む。

「なんだ。ビールだけでもう酔ったのか？」

「いや……」

龍一は髪に両手を突っ込んだ。

（この違和感はなんだ）

小さな違和感は少しずつ育って、なかなか龍一を離さなかった。北川佐季の、あの眼。あの焦げ茶色の眼が頭から離れない。感情を削ぎ落としたような、あるいは龍一の心の中を探るような。

――お父さんは悪いことをしたの？

ひょっとして、オレは自分で見つけたと思っている筋書きに、実は踊らされているんじゃないか？

（いやいやいや）

無意識に髪をかき回す。

（相手は十三歳の子供だぞ）

あり得ない。

「どうした?　めずらしく考え込んでるな」

日置が楽しそうに嫌味な言葉を投げてきた。頭が良すぎて、時々気に障る男だ。どうしてつきあいが続いているのかわからない。

「うるさいな」

邪険に言ってから、でもふと心が動いた。刑事課では今さら話せない。無関係な一般人にはなおさら。けれどこの男を相手に、酒のつまみに少しくらいなら。

「なあ……これは仮定の話だが」

隅のボックス席で、隣の席とは距離があり、間に観葉植物が置かれている。それでも龍一は声を低めて話した。個人名は伏せて、細部は適当にぼかす。日置はグラスを傾けながら黙って聞いていた。

北川洋次は中根寧子に金を貢がせていた。そして、誤って彼女を死なせてしまった。北川のような男なら、口を噤《つぐ》んで知らんふりをするだろう。だが捜査を続ければ、いずれ二人の関係は明るみに出たかもしれない。

もしも頭のいい子供が、警察より先にそれを知ってしまったら?

父親が捕まれば、佐季は犯罪者の子供だ。だが過失致死だし、仮に刑務所に行ったとしても、そう長い懲役にはならない。いずれ帰ってくる。親子の縁は、切りたくても切れない。子供は親を選べないのに。

もし罪が露呈せず捕まらなかったとしても、あの男のもとにいてまともな人生が送れるとは思えなかった。頭のいい子供なら、それはわかっていただろう。ショックを受けた様子ではあったが、佐季は父親を慕っていたようには見えなかった。

あんな親なら、いっそいない方が――

(いやいやいや)

「十三歳の子供に、そんな犯行が可能だと思うか？　いや、そもそもそんなことを考えつくものか？」

自分で喋っていても、現実味がない気がした。たぶん子供が佐季じゃなければ、こんなことは思いつかなかっただろう。

「……」

日置はしばらくの間、空になったグラスの中の氷に目を据えていた。ウエイターを呼んで同じ物を注文してから、世間話のような口調で話し始めた。

「大人の間でもいじめやパワハラはあるけど、子供のいじめってのは露骨で激しいだろう。あれは、子供の方が生存本能が強いからじゃないかと思うんだ」

「生存本能？」

「そう。自分とは異なったものへの攻撃本能。それから周囲に力を誇示したり、今いる場所で少しでも生存に有利な地位を得ようとする本能」

「なるほどね」

日置はゆったりと足を組み換えた。

「人は自分がより有利に生きるために罪を犯す。子供の場合は、それがもっと顕著だ。彼らはただ生き延びたいんだ。それは生き物が持つ本能だ」

本能か、と龍一はハイボールを飲み干した。口あたりがいいが思ったよりも強く、くらりと眩暈《めまい》がする。日置は涼しい顔で何杯目かもわからないジンを飲んでいた。

「大人になると、もっと泥臭いものが絡んでくるだろう。欲や、嫉妬《しっと》や、打算や愛や」

愛を泥臭いと言う。学生の頃からそういうところのある男だった。

「子供の犯罪は純粋だって言いたいのか？」

「犯罪は犯罪だ。強いて言えば、全部不純だ。ただ、生存本能というのは強力だからな。何をおいても優先される。極限状態に立たされると、人間は思いもよらないことをやってのけるもんだ」

「……」

極限状態。

そうか、と思った。あれは追いつめられたあと、一転して自分が生き延びる方法を冷静に考えている眼なのかもしれない。

「ま、その子供がどんな子供か知らないからなんとも言えないけどね。なんにしろ、子供の扱いは慎重にしろよ。いろいろうるさいから」

「わかってるよ」

そのあとは、ごく他愛のない話をした。同期の近況や、上司の愚痴や、京都の生活や。

「おまえ、なんで京都弁に染まらないんだよ。オレの友達で大阪《おおさか》に転勤になった奴は、一年で大阪弁になってたぞ」

「俺に関西弁が似合うと思うか？」

「……似合わねえ」

龍一はげらげらと笑った。

翌日は早くから東京で仕事なので、日置は今夜は東京の実家に帰るという。別れ際、ふと思いついて訊いてみた。

「なあ。白い騎士は、なんで馬から落ちてばかりなんだ？」

日置は整った顔に嫌味な笑みを浮かべて、答えた。

「兜《かぶと》と装備が重すぎるんだよ。つまり、頭でっかちなんだ」

蛇は誰の心にもいる。身体の奥深くにひっそりと、とぐろを巻いて眠っている。本人も気がつかないくらい、静かに。

でも、もしも攻撃をしかけてくる奴がいたら、そろりと鎌首《かまくび》をもたげて反撃を始める——

龍一が北川佐季の入所した児童養護施設を訪れたのは、路上強盗が現行犯逮捕され、久しぶりに取れた休みの日だった。

仕事じゃない。けれどその施設を知って佐季に会うためには、職権を使った。上司には無断の行為だ。ばれたらまずいことになる。

施設は海を望む高台に建てられていた。松居夫妻が言っていたとおり、なかなか見晴らしがよく、建物もきれいだ。だが職員には嫌な顔をされた。今さらなんの用だ、と顔に書いてある。

「ようやくここにも慣れて、落ち着いて日常生活を送れるようになってきたところなんです。くれぐれも子供を動揺させないでください」

警察は市民の味方ではなく、不吉なものを運んでくる使者らしい。

佐季とは施設の応接室で会った。他の子供たちには、警察関係者であることは伏せるという。せいぜい親戚のお兄さんみたいな顔を作る努力をした。

「やあ。こんにちは。ひさしぶりだね」

飾り気のない部屋でソファに座って待っていると、佐季が入ってきた。ぺこりと頭を下げる。事件の直後よりも顔色がよく、健康そうに見えた。ただ、明るいオレンジ色のTシャツは彼に似合っていなかった。誰が選んだのか知らないが。

「元気そうでよかった。ここの生活はどう？　何か困ってることはない？」

「大丈夫です。先生たちがよくしてくれるし、友達もできたし」

向かい合わせにソファに座った佐季は、落ち着いた様子で答える。それほど月日はたっていないのに、いっそう大人びた気がした。そして、いっそう美しさが増した気がする。怖いくらいに。

「そう。そいつはよかった。学校も転校したんだよな？」

「はい」

「学校で事件のことで何か言われたりしないか？」

「今のところないです。伏せてくれてるし。……でも、ちょっと遠巻きにされてる感じはするかな」

佐季は唇の端を上げて、ちらりと苦笑した。その大人びた笑みに、龍一は内心でたじろいだ。超然とした感じすらする。この冷たい美貌とあいまって、人を惹《ひ》きつけると同時に、距離を置かせて彼を守る壁になるだろう。

「オレにできることがあったら、なんでも言ってくれよ。管轄はもう違うけど、力になれることがあるかもしれないからさ」

「ありがとうございます」

佐季は素直に頭を下げた。

佐季が顔を上げると、もう話すことがなくなった。彼も内心では何しに来たんだと思っているに違いない。具体的に何を話そうと思って来たわけじゃなかった。さて次はどうしようかなと考えていると、視界の端でちらりと何かが動いた。

外は晴れていて、窓が開けられていた。そっちを見ると、窓の下から黒い髪の毛が覗いている。龍一は音をたてないように立ち上がって窓に近づき、いきなりガラッと大きく開け放った。

「わっ」

「やべっ」

とたんに、蜘蛛《くも》の子を散らすように数人の子供たちがさあっと逃げていった。佐季と同じくらいの年代の子もいれば、もっと小さな子もいる。

「立ち聞きされてたみたいだな」

振り返ると、佐季はまた苦笑した。

「やっぱり、僕はちょっと異質みたいです。事件に巻き込まれた子供だから」

「……外で話そうか。いい天気だし」

それなら、と佐季は屋上を指定した。屋上からは海が見えるという。

建物は三階建てで、屋上にはいっぱいに洗濯物が干されていた。何人の子供がここで暮らしているのか知らないが、圧巻の量だ。共同生活の場なんだなと実感する。ふわりと風に舞い上がるシーツの向こうに、青く光る海が見えた。

「ここ、気持ちいいからよく来るんです。前の家は海なんて見えなかったし」

フェンスに指をかけて、佐季が言った。前の家。北川の家は持ち家だったから、あれは父親が彼に遺した、たぶん唯一の財産だ。けれど佐季は、もうあそこには戻るつもりはないんだろう。

「さっき異質って言ってたけど、君、ここで浮いてたりするのかな」

「どうかな」

フェンスに片手をかけたまま、佐季は顔をこちらに向けた。焦げ茶色の髪が初夏の日差しに照り映えて、きらきらと金色に光っている。

「来るまで知らなかったけど、こういう施設に入ってる子供って、けっこう親がいるものなんですね」

「へえ」

我ながら間の抜けた相槌《あいづち》だなと龍一は思った。

「親はいるけど、事情があって一緒に暮らせない子が多いんです。僕みたいに両方ともいない方が少ないみたい」

「子供にとっては、いない方がましな親ってのはいるからな」

「……」

施設は高台にあって、気持ちのいい風が通りすぎていく。空が広かった。ふと、同じように高台に建っていた音澤家の広い庭を思い出した。

「蒸し返すようで悪いんだが……君、中根寧子が亡くなった家を知ってる？　彼女の親戚の家だけど」

　佐季は海の方に目を向けたまま答えた。

「知りません。あの人の名前も知らなかったくらいだし」

「山手町のあたりは行ったことある？」

「ないです」

「あそこの家に、君と同い年の男の子がいるんだが……」

「へえ」

　ちょっと興味を引かれたように、佐季はこちらを見た。

「新聞には年齢は載ってなかったな」

「遺体の第一発見者なんだ」

「そうなんですか。僕と同じだな」

　唇の端が小さく上がった。とても魅力的な笑顔だが、皮肉な表情にも見えた。

「でも、お金持ちの家なんでしょ？　僕とは正反対だ」

「……」

　背後で、キィと音がした。佐季の視線が動く。屋上に出るスチール製のドアだ。振り返ると、ドアのところに一人の少年が立っていた。中学生くらいに見えるが、背が高くしっかりした身体つきをしている。少年はきつい目で龍一を睨《にら》んでから、佐季に「当番だぞ」と声をかけた。

「僕、もう行かなくちゃ」

佐季がフェンスから身を離した。

「今日、掃除当番なんです。いろいろ係があって」

「大変だな」

「そんなことないです。家でもやってたし」

佐季は軽い足取りでドアに向かう。彼が自分の横をすり抜ける時、龍一は「また来るよ」と声をかけた。

佐季は立ち止まって振り返った。焦げ茶色の目と目が合う。佐季は何も言わず、ぺこりと頭を下げた。

「早く来いよ」

ドアの側にいる少年が苛立《いらだ》った声で言う。佐季は足を速めて少年のところに行き、二人は連れ立ってドアの向こうに消えた。

それからも、休みのたびに龍一は佐季のいる施設に足を運んだ。

特に話すことはない。いつも同じように近況を聞いて、どうでもいいことを話しながら、事件の周りをぐるぐる回る。核心にはなかなか触れられない。

仮に佐季が父親を自殺に見せかけて殺したとしても、疑問点はいくつかあった。まず、やっぱりピアスだ。ピアスを遺体の片耳に嵌《は》め、片方を持ち去るためには、遺体が発見される前にあの家にいなくてはいけない。もしかしたら、佐季は寧子と知り合っていたんじゃないかと龍一は考えた。佐季は中学生にしては大人びているし、あれだけ綺麗な顔をした子だ。寧子が興味を持っても不思議はない。

それから、北川洋次が酒と一緒に飲んだ睡眠薬。あれは音澤老人のものだった可能性が高い。管理していたのは寧子だ。佐季が手に入れるチャンスはあっただろうか？

考えれば考えるほど、無理がある気がした。北川が自殺したと考えた方がよっぽど自然だ。事件はそれで決着している。

それでも、龍一は施設通いをやめられなかった。ほとんど意地になっていた。休みの日や時間が空いた時を使って佐季の元に通い、周辺を調べた。学校では成績がよく、なんでもそつなくこなし、生活態度に問題はない。目立つ生徒だが、元の学校にも転校先にも特に仲のいい子はいない。仕事に影響はないようにしたつもりだが、梁瀬は気づいているはずだ。けれど何も言われなかった。

佐季は最初のうちは神妙な顔でつきあってくれていたが、だんだんと迷惑がる素振りを見せるようになった。しっぽを出すようなことはない。しっぽがあるのかないのかわからない。

みんなに変な目で見られるからもう来ないでくれと言われたのは、梅雨まっただ中の頃だ。

それなら、と龍一は作戦を変更した。中学校からの帰り道、なるべく人通りの少ないところで声をかける。ほんの十分程度を一緒に歩き、施設の手前で別れる。その十分のために横浜から通った。

「やあ。よく降るね」

その日は、梅雨らしいしとしとと静かな雨が朝から降り続いていた。学生服姿の佐季は、水色の傘の下からちらりと龍一を見た。

「……いいかげんにしてください」

今日の彼は最初から不機嫌だった。怒っている顔もなかなか魅力的だ、と龍一は思った。きっと学校ではたくさんの女の子が彼に憧れているだろう。翳をまとった悲劇の美少年。

「君が住んでいた家、取り壊されるって聞いたからさ」

「古いし、借りる人もいないだろうから」

すたすたと歩きながら話す口調は、他人事《ひとごと》みたいだ。

「だったら家を壊して土地を売って、将来のために貯金しておいたらどうかって先生たちが言うから。ちゃんと会計士さんが間に入って、僕の口座を作ってくれるそうです」

龍一は歩調を合わせて隣に並んだ。

「君はそれでいいの？」

「別にいいですよ。もう住む気はなかったし」

「だったら、取り壊される前にもう一度行ってみないか？　つきあうからさ」

「行きたくないです。もう必要なものは全部持ってきてるし」

「でも、いろいろ思い出もあるだろう」

「ないですよ。……いい思い出は」

あとの言葉は、つい付け加えてしまったひとり言、という感じだった。

「じゃあ、中根寧子がいた家は？　行ってみたくない？」

悪趣味なことを訊いているのはわかっていた。彼の動揺が見たいのだ。けれど佐季は足を止めず、雨の中を歩き続ける。白いコンバースが跳ねた泥に汚れていた。

「行きたくありません」

「あの家も売りに出されるらしいよ。その前に、もう一度徹底的に捜索するつもりなんだ」

「え」

佐季が顔を上げた。

「売るって、庭も？」

「――」

一瞬、龍一は息を止めた。頭の中でカチリと小さな音がした。

嘘だった。音澤家が売られるというのも、もう一度捜索をするというのも。カマをかけてみただけだ。龍一の顔が固まったのを見て、佐季もすうっと明かりを消すように表情を消した。

「庭？」

問い返すと、佐季はすぐに前に向き直って歩き始めた。少し歩調が速くなっている。龍一は追いかけて隣に並んだ。

「君、やっぱりあの家に行ったことがあるんじゃないのか？」

「ないですよ」

「じゃあ、どうしてあの家に庭があるって知ってるんだ？」

「うちに来た刑事さんの誰かが言ってたんですよ。お金持ちで、広い庭のある家なんだって」

嘘だ、と龍一は思った。だったらあんなふうに顔色を変える必要はない。庭を気にする理由もない。

「ちょっと待って…」

佐季はどんどん速足になっている。足元でピチャピチャと雨水が跳ね上がり、傾けた傘が彼の表情を隠した。

「待ってくれ」

佐季は足を止めない。逃げられる、ととっさに思った。

「佐季くん…っ！」

反射的に、佐季の腕をつかんだ。

「放してください！」

佐季はつかんだ腕を力まかせに振り払った。

そのまま振り返らずに駆けていく。逃げられると追ってしまうのは警察官の性《さが》だ。龍一は水色の傘を追って走った。バシャバシャと派手に水たまりを跳ね上げて、少年が走る。住宅地の細い通りを抜けて、大きな通りに出ようとした。

その時、龍一の耳に車のエンジン音が飛び込んできた。

「危ない……！」

体はせいいっぱい飛び出しながら、頭のどこかで、しまった、と思った。

（しまった）

失敗した。

クラクション。迫ってくる車体。ブレーキ音。水音。運転席の口をぽっかり開けた顔。誰かの悲鳴。

スローモーションのようにも思えたし、時間が止まっているようにも思えた。思考も息も、しばらく止まった。

「――さ」

瞬きをして呼吸を再開すると、濡《ぬ》れた路上に、少年の細い身体が横たわっているのが見えた。

「佐季くん！」

ぞっとした。龍一は傘を放り投げて駆け寄った。

夕方の雨降りの路上。車は急停止してエンジン音も止まり、他に通行人はいない。佐季はぴくりとも動かない。その静止した薄暗い景色の中で、路上に転がった水色の傘だけが鮮やかにくるくると回っていた。


受付で教えられた病室は集中治療室だった。心臓がギュッと縮んだ。

エレベーターを待ち切れず階段を駆け上がり、はあはあと息を切らして廊下を行くと、ドアの前に強行犯係の係長が立っていた。

「なんだおまえ、謹慎中だろ。なんでこんなところに来てるんだよ」

「だって」

電車を降りてから病院までも駆け通しで来た。龍一はひたいの汗を拭い、クリーム色のドアに目をやった。

「や…梁瀬さんは」

「大丈夫。容態は安定してるよ。明日には一般病棟に移るそうだ」

「そうですか……」

とりあえずほっとした。会えますかと訊くと、今は面会時間じゃないし、家族以外はだめだという。

「明日、一般病棟に移ったら来いよ。外出は俺が許可するから」

「はい…」

少し安堵《あんど》すると膝《ひざ》から力が抜けて、龍一はのろのろとそこにあったビニール張りのベンチに腰を落とした。係長が隣に腰かける。

北川佐季が車に轢《ひ》かれかけたのは、三日前のことだ。

怪我は軽い捻挫《ねんざ》ですんだ。そもそも車体とは接触しておらず、急停止した車の前で転んだだけだった。運転手はほっとしていたが、龍一も心底安堵した。

だが、上からはこっぴどく叱られた。いや、叱られるだけじゃすまず、処分が検討されていた。上司に無断で終わった事件の関係者に接触し、怪我をさせたのだ。しかも、十三歳の子供に。左遷させられても文句は言えなかった。警察官になって初めての大失態だった。

処分が決定するまで自宅謹慎を言い渡され、龍一は寮でおとなしくしていた。そこに、梁瀬が倒れて病院に運ばれたという報が入ったのだ。龍一は取るものも取りあえず駆けつけた。

「あの……梁瀬さん、前に病気療養してたって」

うなだれて、床に視線を落として口をひらく。佐季の怪我。謹慎。懲戒処分。そこにとどめのように打ち下ろされたショックだった。手柄を立てたと有頂天になっていた気持ちが、地べたに叩きつけられた。

「あー…、そうなんだ。肺が悪くて」

係長は癖のように懐から煙草《たばこ》を取り出しかけ、すぐに引っ込めた。肺。そういえば、梁瀬はしょっちゅうゴホゴホと咳《せき》をしていた。単に風邪のひき始めか、痰《たん》がからんだのかと思っていたのだが。

「そんな……そんなに悪いんですか」

「当初は、復職したら内勤か警察学校か、負担の少ない部署に行ってもらおうと上も考えていたんだがな。退官も近いことだし。でも、本人がどうしても現場にいたいって言い張って。ちょうどおまえが来たところだったから、最後におまえの教育係をやらせてくれって署長に直談判で頼み込んだんだ。仕方なく署長も折れて」

「……」

初耳だった。龍一はますます深くうなだれた。

「ああ見えて、あの人おまえに期待してるんだよ。顔には出さないけどな」

知っている。ひよっこの自分の意見を真面目に聞いてくれて、できる限り自分の裁量で動かせてくれた。龍一が佐季のところに通うことも見逃してくれていた。

だけど佐季が怪我をした時、まずは龍一と一緒に頭を下げてくれた。全部自分の責任だと言い切った。

「オレ……オレのしたことが、梁瀬さんの心労になったりとか」

「そんなこと考えんな。俺よりずっと長く警察にいる人なんだ。そんなやわな神経じゃないさ」

「……」

係長はぽんと背中を叩いてくれた。だけど龍一は顔を上げられなかった。気持ちは地べたに叩きつけられたままだ。刑事課に配属になった時は、勢い込んで舞い上がっていたのに。

 翌日、面会時間中に病院に行くと、梁瀬は内科病棟の四人部屋に移っていた。ベッドのそばには奥さんが付き添っていて、自己紹介をして見舞いの果物のバスケットを渡すと、「主人がいつもお世話になって」と頭を下げた。

「とんでもないです。こちらがお世話になりっぱなしで」

龍一はさらに深く頭を下げた。

「よく主人から話を聞いてます。若いのと一緒にいると、パワーをもらえるって。自分の駆け出しの頃を思い出すって。あらまあでも、こんなかっこよくなかったわよねえ」

「おまえ、いいから茶でも淹《い》れてこいよ」

ベッドの上の梁瀬は渋い顔だ。梁瀬は口数の少ない方だが、奥さんはお喋り好きらしい。家での様子が垣間見えて、ちょっと微笑《ほほえ》ましかった。

奥さんが病室を出ていくと、ベッドの周りは急に静かになった。上体を起こした梁瀬は、想像したよりは元気そうに見える。チューブや呼吸器もつけていない。けれど顔色は悪く、お仕着せの青い入院着に包まれた身体はやけに細く見えた。

（こんなに小さい人だったっけ？）

自分よりずっと先にいる、頼りになるベテランだと思っていたのに。

「龍、おまえさん、謹慎中だろ。こんなとこ来てていいのかよ」

「係長に許可をもらいました」

「そうか。まあ、座れや」

龍一は勧められたスツールには座らず、立ったまま、直角に頭を下げた。

「すみませんでした」

「何をおまえが謝ることがあるんだよ」

「いろいろ……迷惑をかけて」

「バカ言ってんじゃないよ」

叱るような言葉と一緒に、下げたままの頭をくしゃっとかき回された。龍一はびっくりして顔を上げた。そんなことをされたのは初めてだ。

「おれの方こそ、止めてやらなくてすまんかったなあ」

はっとした。梁瀬は北川佐季のことを言っているのだ。

「おまえの方が子供たちの年齢に近いし、あの子に一番多く接してたから、ひょっとしてと思ってな」

「じゃあ、やっぱり梁瀬さんも」

龍一は身を乗り出した。一瞬、目が合った。

「――」

梁瀬はすぐに視線を逸らして、ごまかすように顔を両手で拭う仕草をした。

龍一はガタンと音をたててスツールに腰を下ろした。

「梁瀬さんも、オレと同じことを考えてるんですね」

「……」

顔を半ば覆ったまま、梁瀬はしばらく何も言わなかった。

その顔も手の甲も、長く日光と雨風に晒《さら》された樹皮のようにごわごわと硬そうで皺《しわ》が寄っている。龍一が今やっていることを、何年も、何十年も続けてきた身体だ。犯罪に遭った人に会い、その悲嘆に触れ、歩き、証拠を探し、人に嫌な質問をぶつけ、疑い、逃げられ、追いつめ、捕らえる。

それで死んだ人が戻ってくるわけじゃない。誰も幸せになんてならない。大きな打撃で壊れたりへこんだりした部分を、少しでも修復しようとする作業だ。プラスを生み出す、歓迎される仕事じゃない。でも誰かがやらなくちゃいけない。

「もしも……そうじゃなければいいと願っているが、もしも万が一、そうだったら」

しばらくして聞こえてきた声は、からからに乾いてひび割れていた。梁瀬も疲れているんだ、と龍一は思った。

「子供は、捕まえてやらんといかん」

けして大きくないのに、腹にズンと来る声だった。

「罰を与えるためじゃない。引き戻すためだ」

「引き戻す……」

「そうだ」

そこに何かが映っているかのように、梁瀬はじっと白い布団カバーを見据えていた。自分がこれまで捕らえてきた犯罪者たちが映っているのかもしれない。

「暗い道から、誰かが手を握って引き戻してやらんと。じゃないと……」

その続きは聞けなかった。そこに奥さんが戻ってきたから。

奥さんはてきぱきとお茶を淹れ、皮を剝《む》いて皿に盛った林檎を龍一に勧めてくれた。奥さんと喋っている梁瀬は穏やかな表情をしていて、それ以上事件の話をすることはできなかった。

龍一は一ヶ月の停職処分になった。

さらに児童養護施設から苦情があり、以降、北川佐季に接触することは禁止された。刑事課から飛ばされなかったのは、梁瀬と係長がとりなしてくれたからだ。これ以上、勝手なことをするわけにはいかなかった。

梁瀬は二週間ほどで退院したが、その後ずっと自宅療養が続き、復職することなく退官した。それでも退官の日には痩《や》せた体に制服を着て出勤し、女性警察官から花束が贈られ、龍一たちは敬礼で見送った。

梁瀬が亡くなったのは、それからおよそ一年後のことだ。

——じゃないと……

あの時梁瀬が何を言いたかったのか、今ならわかる。わかる気がする。龍一は処分を受けてからも刑事を続け、たくさんの犯罪者を見てきた。中には再犯を繰り返し、そのたびにエスカレートしていく者もいる。一度の犯罪で人生を棒に振り、そこから立ち直れずに腐っていく者も。

この世には悪があり、暗い森がある。誰だって、蛇にそそのかされて道を誤る可能性がある。間違って森に迷い込んでしまったら、手を握って引き戻してやらなくてはいけない。明るい方へ。陽の光の差す方へ。

じゃないと、それからの人生をずっと暗い道を歩くことになる——

梁瀬が退官してからも、龍一は何度か見舞いに行っていた。梁瀬はずっと佐季のことを気にしていた。犯罪についてはっきりとは口にしなかったが、折に触れて、あの子は今どうしているだろうと呟いていた。

（梁瀬さん）

梁瀬の葬儀の日、白い花に囲まれて制服を着た遺影に向かって、龍一は手を合わせた。そして、誓った。

(オレが捕まえます)

ようやく、わかった。

きれいな仕事じゃない。正義の味方でも、ヒーローでもない。格好いい仕事ですらない。

泥沼に片足を突っ込んで、自分も泥に汚れながら、沈んでいきそうな奴の襟首《えりくび》をつかんで引っぱり上げる仕事だ。

(北川佐季)

きっとオレが引きずり戻してやる。

4

佐季《さき》の夢を見た。

高校の時、古文の授業で習ったことがある。日本では古来、誰かの夢を見た時は、その相手が自分のことを想っていると考えられていたんだという。自分が想っているんじゃなく。相手の心が、夢の道を通ってこちらを訪れるのだ。

——……いかないで……

夢の中で、佐季は泣いていた。不思議だ。現実では佐季が泣くことなんてないのに。

——おいていかないで

佐季はとても小さかった。まだ幼い子供だった。初めて教会で会った時よりも、ずっと小さい。

——お願い、お願い、お願いだから、俺をひとりにしないでくれ——……

ああ違う。これは十三歳の佐季の言葉だ。あの女の人を死なせてしまった時、警察に行こうとした司《つかさ》を止めた佐季。

――俺には司だけなんだ。お願いだから、俺をおいていかないでくれ

だけど、口から出る言葉は十三歳の佐季のものなのに、佐季の外見はあの時よりもずっと幼かった。焦げ茶色の髪がやわらかそうで、同じ色の瞳がきらきらしていて、天使みたいだ。

――泣かないで

夢の中で、司は一生懸命に子供の佐季を慰めていた。司の姿は今の二十六歳のままだ。しがみついてくる佐季は司の腰にも届かない。

――大丈夫。そばにいるから。俺がずっとそばにいるから……

(泣かないで)

目を開けると、胸が張り裂けるほどに悲しかった。

「……」

しばらくそのまま天井を見つめてから、のろのろと身を起こした。

いつも通りの、一人きりの部屋だ。仕切りのないだだっ広い部屋の一角に衝立《ついたて》を置き、ベッドを置いている。太陽はすでに顔を出していて、カーテンが開けっ放しなので部屋はもうずいぶん明るかった。

「……佐季」

なんだか胸騒ぎがした。

佐季が夢を通ってやってくるなんて、信じていない。佐季は泣いたりしない。でも、どうし

てか嫌な予感がして仕方がなかった。佐季に会わなくちゃと思う。けれどベッドから出て着替えようとした時、ソファが目に入って、司は立ちすくんだ。そこには写真週刊誌が放り出されている。

「あ……」

そうだった。佐季は今、日本にはいない。スペインに行ってしまった。経営する事務所に所属しているモデルのリサと、結婚式を挙げるために。

週刊誌なんて普段は買うことはない。通りかかった書店で広告を見て、衝動的に買ってしまったものだ。そこには佐季とリサの写真が載っていた。

スポーツ新聞で二人の結婚が報道されたのは、二週間ほど前のことだ。リサはテレビや海外のショーにもよく出る人気モデルだし、佐季も名前が売れていた。記事は大きな扱いだった。

週刊誌には、二人が挙式のためにスペインに発ったという記事が載っていた。空港で写真を撮られていて、佐季はスーツ姿で、リサはサングラスをかけていたが、もう隠す必要はないからか仲良く腕を組んでいた。リサはまだ二十二歳で、お人形のように綺麗《きれい》な子だ。嬉《うれ》しそうな笑顔で佐季の腕にしがみついていた。

司が佐季の結婚を知ったのは、結婚報道が出る前日だった。明日の新聞に載るけれど心配するなと、佐季がわざわざ電話をかけてきたのだ。

「嘘《うそ》、嘘だろう？　佐季」

佐季がリサとつきあっているのは知っていた。いずれ結婚するつもりだというのも聞いてはいた。リサの父親はスペイン人で、世界的に有名な宝飾品会社を経営している。

佐季は女を利用する。自分の身体を使って。そうやって這《は》い上がってきたのだ。

でも結婚はやめてくれと、司は何度も訴えた。佐季が身体を使うのは司にはもう止められない。佐季は自分の美貌や肉体を道具にしか思っていない。でも、結婚は嫌だった。佐季が誰かのものになるなんて。

「結婚なんてしないでくれって何度も言ったじゃないか、佐季…っ」

『大丈夫だよ、司』

電話口で、佐季は何度もそう言った。子供をなだめる口調で。

『心配しなくていい。俺は司のものだから。結婚なんて紙切れ一枚のことだ』

「佐季――！」

結婚式はスペインの古城で行われるという。そこでバロック音楽のコンサートをひらくアンサンブルのリーダーがリサの父親の友人で、急遽《きゅうきょ》、式で演奏をしてくれることになったんだそうだ。急に決まった挙式だったが、リサの父親はスペインでは有力者だ。きっと盛大な式になるんだろう。

「嫌だ。やめてくれ。お願いだから、佐季……」

司は小さな受話器を両手で握り締めてすがった。涙が滲《にじ》んだ。

『しかたがないんだ』

佐季は冷めた口調になった。受話器からため息の音がこぼれてくる。

『杉本麻里《すぎもとまり》に脅された時、リサに手伝ってもらったからな。あれでずいぶん警察を攪乱《かくらん》できたはずだ。結婚はその交換条件だった』

「……佐季がどうして脅されてたのか、彼女は知っているのか？」

『いや。以前に酔って麻里と寝て、その時の写真で強請《ゆす》られてるって思ってる。だからリサは麻里を憎んでたんだ』

司ははっとした。

「まさか……彼女が杉本さんを……」

『いや、違う』

佐季は急いで遮った。

『言っただろう？　杉本麻里は薬で錯乱して、自分から落ちたんだよ。司はそんなことは気にしなくていい。司には関係ない』

「――」

関係ないと言われて、言葉を失くした。電話の向こうの佐季は司の様子には気づかず、早口で続ける。

『それに、リサの父親の会社は大きな会社だ。俺はあそこのブランドの広告モデルをしていたし、父親は俺を気に入ってくれている。リサと結婚したら、彼の会社に入ることになってるんだ。いずれは日本支社を任せたいと言われている』

「日本支社って……エス・エージェンシーは？」

『モデル事務所の経営なんて小さな仕事だよ、司。俺はもっと大きなものが欲しいんだ』

「……」

居場所が欲しい。それは佐季がずっと言っていたことだった。

父子家庭と児童養護施設で育ち、赤の他人に引き取られた佐季は、ずっと自分だけのものを欲しがっていた。与えられたものじゃなく、自分で手に入れたもの。誰にも邪魔されない、取り上げられない、たしかな居場所。

だから佐季は早くから金を稼ぎたがっていた。自分の顔が嫌いなくせにモデルの仕事を始めたのは、そのためだ。

司は自分が恵まれた育ちであることを理解している。父母はいないけれど、祖父は多額の資産を遺してくれた。そうやってのうのうと暮らしている自分に、佐季に口を出す権利はない。そう思っていた。

（でも……）

もっと。もっと大きなものを。もっと高いところへ。そうやってどんどん進んでいく佐季についていけなくなったのは、いつ頃からだろう。

司はそんなに大きなものはいらない。居場所なんて、小さくていい。庭さえあれば。緑が生い茂って花の咲く庭で、佐季に会えればいい。願わくば——太陽の下で。

『しばらく忙しくて会えないかもしれないけど、落ち着いたら連絡するよ。心配しないで。……愛してるよ、司』

優しく囁《ささや》いて、電話は切れた。

愛してるよ。

あれからずっと、佐季からの連絡はない。司から佐季に連絡を取る手段は少ない。いつも、佐季が庭を訪れるのを待つだけだ。

昨日、週刊誌の記事を見て、忙しいのはスペインでの挙式の準備のためだったんだとわかった。二人は挙式までをリサの実家で過ごし、式のあとは新婚旅行でヨーロッパを回る予定らしい。だからしばらく日本には帰ってこない。

行ってしまった。泣いても頼んでも、そばにいてくれない。それ以外に望むことなんてないのに。

司には、佐季がもうよくわからなくなっていた。子供の頃はあんなにぴったりひとつになれた気がしていたのに。たまにしか会えなくても、自分たちは繋《つな》がっていると信じていられたのに。

(……いや)

司はのろのろと動きを再開し、週刊誌を丸めてゴミ箱に放り込んだ。機械的に身支度をする。一階に下りて、家の裏に広がる庭に出た。太陽はすっかり昇り、庭は眩《まぶ》しい光にあふれている。あんまり眩しくて、目を逸《そ》らしてうつむいた。

本当は、もうずっと前から佐季のことがわからなくなっていたのだ。佐季がリサと恋人としてつきあい始めた時から。いや、モデルをやめて事務所の経営に専念するようになってから。それとも、もっと前からかもしれない。佐季が時永美名子《ときながみなこ》の養子になって東京《とうきよう》に行ってしまってから。その美名子が、死んだ時から。

（だから？）

だから、加納慧介《かのうけいすけ》と寝たのか。あの人は警察官なのに。杉本麻里の事件を捜査していた刑事なのに。

佐季の結婚報道が出た日の夜、発作的に何もかも嫌になって、司は庭のくちなしを掘り返そうとした。くちなしの下には秘密が埋まっている。その秘密と一緒に消えてしまいたかった。

もうだめだ。だめだ。だめだ――

気が違ったように頭の中でそう繰り返していた。あの時の自分は、たぶん少しおかしくなっていたんだろう。そうしたら、慧介が現れたのだ。

――俺は君が好きだ。君は？

太陽の似合う人。陽の光の射す方にいる人。

抗《あらが》えなかった。その手を取った瞬間、落ちた気がした。

（……でも）

庭をひと通り見て回ると、司は朝の仕事を始めた。やることはたくさんある。植物を相手に手を動かしていると、泥で濁っていた水が静まるように、少しずつ頭の中が澄んでくる。夜は普通じゃない世界にいても、こうしていれば現実を取り戻すことができる。

自分は慧介に逃げているのかもしれない、と思う。夜にしか会えない佐季。その佐季と秘密を共有していることが、つらくて、怖くて。

でもやっぱり、許されることじゃなかった。自分にはそんな資格はない。

いっせいに芽を出したポットの苗を並べ、水を撒《ま》く。水滴が光をはじいてキラキラと光った。

司は目を細めた。

慧介は新しい事件の捜査本部に移ったらしく、しばらくは庭に来れないほど忙しいようだった。たまにメールが来る。司はメールを書くのが苦手で、いつもあたりさわりのない返事を返していた。

（やっぱり……もうやめよう）

仕事が一段落したら、また庭に犬の散歩に来るだろう。そうしたら、もう会えないと伝えよう。慧介はきっと理由を聞きたがる。言えない。言えないけれど、終わりにしなくちゃいけない。

好きになったらおしまいだ。そう何度も思ったはずだった。終わりにしないと——本当のおしまいが、来る。

朝の庭仕事を終えると、朝食を食べて、司は店を開けた。

祖父が遺してくれた財産は、司一人なら一生働かずに暮らせるくらいはあったが、司は高校を出ると造園会社に就職した。苗や植木の販売もしている会社で、そこで庭作りと植物の扱い方を勉強した。

高校を卒業した時に山手町《やまてちょう》のこの家に戻ってきたが、家は司一人には広すぎた。それに祖父の代からの家なので、ずいぶん老朽化していた。

建て直す時に、家を小さくして、一階を店舗としても使えるようにした。家を小さくした分、庭をさらに広くした。前の家の建材をできるだけ活用したので、家は最初から古い洋館風の佇《たたず》まいになっている。働きながら新しい庭を作り、開業の準備をして、独立した。

『Secret Garden』という店名は、子供の頃に呼んだバーネットの小説からつけた名だ。母が好きな本だった。庭は今は建物の裏に広がっている。道路から庭に入る門もあるけれど、普段は閉めていた。一階の花屋の奥が庭に続いていて、店に来た客に庭を見てもらえるようになっている。

その庭で犬の鳴き声がしたのは、夕方のことだ。

「あれ？」

聞き覚えのある鳴き声のような気がして、司は庭に顔を出した。するとそこに、白い犬がいた。しっぽを振って、ぴかぴかした黒い目で司を見上げている。

「ジロー」

ジローは慧介の祖母の飼い犬だ。司の庭がお気に入りで、慧介がよく夜に散歩に連れてくる。けれどあたりを見回しても、慧介の姿はなかった。

「どうしたんだ？」

しゃがみ込んで頭を撫《な》でる。ジローは嬉しそうに司の膝《ひざ》に前足をかけて首を伸ばしてきた。毛足の長い中型犬で、撫でるとふんわりした毛が気持ちいい。

「脱走しちゃったのかな」

首輪はしているが、ジローは家にいる時は鎖をつけていない。どうやら脱走してしまったらしい。それで司の家まで来たのだ。どこから入ったんだろうと見回すと、門が開けっ放しになっていた。昼間に車から肥料を運び入れた時に閉め忘れたらしい。

「えーと……成田《なりた》さんに電話しなくちゃ」

慧介の祖母は店の顧客だ。番号を調べて電話をしてみたが、誰も出ない。携帯電話の番号は知らなかったので、あとでまたかけることにした。

「しばらくここにいような、ジロー」

庭の門を閉め、喉《のど》が渇いているかもしれないので水をあげた。ジローはおいしそうに水を飲み、勝手知ったる感じで庭を散策し始めた。

そのまましばらく仕事をして、そろそろもう一度連絡してみようかと思った頃、店の電話ではなく携帯電話が鳴った。

見ると、慧介の名前が表示されていた。司の心臓は大きく跳ね上がった。

「……はい」

『あ、司？　悪い、仕事中に』

慧介は県警の捜査一課の刑事だ。捜査本部が立つととても忙しいらしく、声を聞くのはひさしぶりだった。

「あ、あの、ジローが」

『あのさ、ジローが』

かぶった。ひと呼吸おいて、慧介はほっとした声で『やっぱり司のとこか』と言った。

「うん。今、庭にいる」

電話をしながら首を伸ばして庭を見ると、ジローは庭に置いてあるベンチの下で寝そべっていた。自分の家のようにくつろいでいる。

『ごめん。門の下に穴掘って脱走しちゃったらしくてさ。でも司のところにいてよかった』

慧介の祖母は出かけていたという。帰ってきたらジローがいなくて、慌てて慧介のところに電話をかけてきたそうだ。

「じゃあ俺、家まで連れていこうか」

『いや、司は店があるだろ。ばあちゃんが迎えに行けるといいんだけど、買い物でたくさん歩いた上に近所を捜し回って、少し膝が痛むらしくてさ。あとで俺が行くから、もう少し預かっててくれるかな』

「え……」

慧介の口調は気安い、軽いものだった。けれど司の心臓の鼓動は急に速くなった。

「み…店を閉めてから連れていくよ」

『いいって。ちょうど俺も今日は家で寝ようと思ってたんだ。なるべく遅くならないうちに行くよ。あ、まずい。仕事に戻らなくちゃ。じゃあ、またあとで』

「あ」

司が答える前に、急いだように電話は切れた。

「……」

司はしばらく手の中の携帯電話を眺め、ため息を落として通話を切った。庭を見ると、ジローはのんきにあくびをしている。まだ心の準備をしていなかったのに。

(もう会わないって言わなくちゃ)

まだしばらくは来れないだろうと思っていたから、言い訳も考えていなかった。どんな顔をして会ったらいいんだろう。

慧介が姿を現したのは、看板の明かりを落とし、店の片付けをしている時だった。コンコンと音がして振り向こうとすると、司が動くより先に、庭にいたジローが走ってきた。一直線に店の中を突っ切り、出入り口のガラス戸に飛びつく。

「……慧介さん」

ガラス戸の向こうで、慧介が笑っていた。ジローは後ろ足で立ち、閉まったガラス戸に前足をかけて吠《ほ》えている。

司が行って戸を開けると、ジローは喜び勇んで慧介にじゃれついた。慧介はしゃがんでジローを抱き止める。

「ったく、おまえは。ばあちゃん心配してたぞ」

言いながらジローを撫でてやり、慧介は顔を上げた。

「司、ひさしぶり」

「あ…、うん」

(だめだ)

笑った顔を見たとたん、だめだ、と思った。胸がぐらりと揺らいだ。

慧介が笑うと、あたりの空気がやわらかくなる。顔立ちは男らしいし、身長もあって、剣道部と機動隊で鍛えたというだけあってしっかりした体格をしている。職業は警察官だ。けれど、彼は笑うとどこか隙《すき》があった。その隙が人をほっとさせて、惹きつける。明るいだけの人じゃないと知っている。なんの憂いもなく天真爛漫《てんしんらんまん》に育ってきた人じゃない。だからこそ、慧介の笑顔は司を惹《ひ》きつけてやまなかった。こんな人は、これまで司の人生にはいなかった。

(……ずっとこの人といられたら)

考えてはいけないことをまた考えてしまう。この人と一緒にいられたら。

(だめだ)

「司？」

固まったように動かない司に、慧介がちょっと首を傾げる。司はぎこちない笑みを作った。

「あ、えーと……ジロー、おなかすいてないかな。何を食べさせていいのかわからなくて」

「うん。フード持ってきた。何か器貸してくれる？」

「うん」

店の中に入り、器を用意しながら、司は自分に言い聞かせた。

断ち切らなくちゃいけない。もう会えない。最初から、近づいていい人じゃなかった。これ以上踏み込む前に——戻れなくなる前に、終わりにしなくちゃいけない。

「……コーヒーでも淹《い》れるよ」

「サンキュ」

店の奥から庭に出たすぐのところに、木のベンチが置いてある。慧介はそこでジローにドッグフードをやり、司は二人分のコーヒーをベンチに運んだ。

昼間はまだ気温が高いけれど、夜の庭はすっかり秋の気配だ。植物はいつも人より早く季節をつかまえる。あれだけ鳴いていたひぐらしは姿を消し、かわりに虫があちこちで輪唱していた。

足元で一心不乱にフードを食べているジローを、慧介は笑みを浮かべて見つめている。司は人づきあいが得意じゃなく、誰かといて会話が続かなくて気詰まりになることもある。だけど、夜の庭で黙って慧介といるのは、なんだか気持ちが休まった。

「――そういえばさ」

ちょっとの間、意識が空白になっていた。言わなくちゃいけないことがあったのに。慧介が口をひらいて、司は夢から覚めたように瞬きした。

「ここの庭に、ホワイト・メイディランドって薔薇《ばら》があるだろう？」

「え？　…うん」

いきなりなんの話なのかわからなくて、司は首を傾げた。

「店の方でも扱ってるの？」

一階で営業している店は、切り花よりも苗や植木、ガーデニング用品をメインに扱っている。花屋というよりはグリーンショップだ。司は庭作りの仕事もしていて、慧介の家の庭にも行っていた。ホワイト・メイディランドは司の庭の一番のビューポイントで、同じものが欲しいと言われることはよくあった。

「いつもあるわけじゃないけど。取り寄せもできるし」

「買った人とかってわかる?」

「それは……常連のお客さんならわかるけど、そうじゃないならちょっと」

「だよな」

慧介は小さく息をこぼした。

「……ホワイト・メイディランドを買った人を知りたいの?」

急に鼓動が速くなった。終わりにしなくちゃと考えていた意識が、別方向にぎゅっと引っぱられた。

慧介は刑事だ。そして、司の店に別の刑事が来たことがあった。薔薇の花束を買った人物を調べるために。あの時は赤い薔薇だった。杉本麻里の部屋に届けられ、現場から消えた花束。あの現場にもうひとつ、司は花束を持っていった。転落死した女の子を弔うために。佐季には内緒だった。言ったら止められるに決まっているから。死者を悼むための、白い――ホワイト・メイディランドの花束。

「……」

鼓動がドクドクと胸を圧迫する。現場検証は終わっていたから、警察が目にすることはないと思っていた。仮に見られても、人が亡くなった現場に供えられた花なんだから、誰も深く考えないだろうと。慧介はあの花を見たんだろうか?

「まあでも、やっぱり無理だよな。個人の家で育てられている花を調べるなんて。人手もないし……」

何か考え込みながら、慧介はひとり言のように呟《つぶや》いている。あの事件は、飯田《いいだ》という男が逮捕されて決着が着いたはずだった。慧介がいる県警の捜査一課は、今は別の事件の捜査にあたっている。

——もっと親しくなって、心のうちに入り込むんだ。

「…ッ」

急に佐季の言葉を思い出して、司はどやされたようにびくっと肩を揺らした。

心中で懸命に否定する。違う。だめだ。そんなことはできない。慧介から情報を得るなんて。だけどそういえば、慧介と組んでいる刑事が執拗《しつよう》に周辺を調べていると、佐季が言っていた。佐季はその刑事のことをとても気にしているようだった。

「こら、おまえ足汚れてんだから、スーツに足跡つけんなって」

ドッグフードをたいらげたジローが無邪気に慧介にじゃれている。慧介は考え事をやめて笑っていた。この人はこの優しい笑顔と刑事の顔と、ふたつの顔を持っている。

無意識に、こくりと小さく唾を飲み込んだ。

(……今だけ)

あと少しだけ。せめて佐季が帰ってくるまで。情報を探ったりするわけじゃない。ただ少し様子を見るだけ。だって佐季を——

（佐季を守らなくちゃ）

「司、どうかしたか？」

「…っ！」

ひたいに手が伸びてきて、司は思わず大きく身体を引いた。

「——」

過剰すぎる反応だった。慧介は驚いたように目を見開いた。

それからばつが悪そうに手を引っ込めると、苦笑いに似た笑みを作った。

「じゃあ俺、そろそろ帰るよ。明日も仕事だし。ジロー、預かってくれてありがとな」

「あ…」

司が何も言えないでいるうちに、慧介は立ち上がってリードを取り出し、ジローの首輪に付けた。

ジローを連れて、店の出入り口から出ていく。ガラス戸のところで振り返って、軽く手を上げた。その時の顔は、やっぱり笑っていた。

数日は、何事もなく過ぎていった。佐季からも慧介からも連絡はない。

誰かの家に庭作りに行く以外は、司は朝から晩まで一人で仕事をしていた。一人で緑を相手にする仕事は性に合っていると思う。庭にいれば、いろんなことを忘れていられる。その日は一日中店と庭を往復していて、気がついたら夕方になっていた。

「――すみません」

店の方から声がした気がして、除虫作業をしていた司は顔を上げた。少しして、チャイムの音が響く。慌てて立ち上がった。

庭にいると店に来た客に気がつかないことがあるので、店のカウンターにチャイムのボタンを置いていた。押すと、庭に設置したスピーカーから音が鳴り響く。

急いで店に戻ると、カウンターの前に人が一人立っていた。

「すみません。失礼しました」

日除けの帽子を脱いで、軍手を外す。庭はいつのまにか夕暮れに包まれていたので、店内に戻ると明るい照明が眩しかった。司は何度か瞬きをした。

立っていたのは、若い男性だった。まだ学生くらいの年齢に見える。司の店はガーデニングをしている人向けで、庭を見に遠方から来る人もいるけれど、客の多くは近辺の人だ。だけど、知らない顔だった。

「いらっしゃいませ。えーと…？」

男性は買いたい物を手に持ったりカウンターに置いたりしていない。庭作りの相談だろうかと思った。

「……」

男はものめずらしそうに店の中を見回したり、首を伸ばして店の奥の庭を覗《のぞ》いたりしている。それから司の顔を、じっと見た。じろじろと上から下まで眺め回している。店で店員の顔を見るにしては、ちょっと執拗《しつよう》すぎる視線だった。

「あの…」

「――音澤《おとざわ》さん？」

ふいに名前を呼ばれて、司はびくっとした。

男性にしては高めの声だった。色白で、身長は平均的だがむっくりとした体型をしている。何か病気でもしていたのかと思うくらい不健康そうな顔色だった。にきびの痕がたくさんのあばたになっている。

「ここ、音澤さんの家でしょ？」

どこかうわずったように、男は言った。

「は、はあ。そうですが、あの…」

「音澤、何さん？」

「はい？」

言われていることがわからなくて、司はちょっと引いた。男はいらっとしたように繰り返す。

「名前ですよ。あなた、音澤、何さん？」

「……司ですが……」

どうしてファーストネームを教えなくてはいけないのかわからなかったが、とりあえず答えた。すると男は、小さめの目を大きく見開いた。

「そう……あんたが。ご家族は？」

「は？」

「結婚してるんですか？　一人でこの店をやってるの？」

「あの、どちら様ですか？」

さすがに不躾《ぶしつけ》な質問に司は表情を硬くしたが、内心では、少し怖くなっていた。男にはそうさせる不穏な何かがある。この男はなんだろう？

「ああ、そうだな。えーと」

男は真正面から司を見た。

その目に宿る、熱っぽい、だけど暗い光にぞっとした。

「僕の名前は、中根《なかね》茂昭《しげあき》といいます」

言葉を切って、それ以上は何も言おうとしない。反応を見るように、男はじっと司を見つめた。

「……中根……？」

最初は、わからなかった。けれど自分で口に出してその発音を耳で聞いて、ふいに硬いもので殴られたようなショックを受けた。

「中根、って……」

喘《あえ》ぐように小声で言う。男は頷《うなず》いた。

「そうです」

口の両端を上げて、男は笑った。嬉しそうに。司が覚えていたことが、司に会えたことが嬉しくてたまらないというふうに。その嬉しそうな顔のまま、言った。

「ここで死んだ中根寧子の、息子ですよ」

「ではそちらでお掛けになって、少々お待ちください」

たまに民間の大きな企業に足を踏み入れると、風通しがよく来客に丁寧で、金のかかっている様子にちょっと気後れを覚える。自分たちがひどく野暮ったい、堅苦しい存在な気がして。

(まあ、そうなんだけど)

5

加納慧介《かのうけいすけ》は大手電機メーカーの横浜《よこはま》支社に来ていた。市内を流れる中村《なかむら》川で上がった他殺体の捜査をしていて、被害者の関係者に会いにきたのだ。アポなしだったが、神奈川《かながわ》県警捜査一課を名乗って身分証を出すと、まずはロビーで待たされた。

ガラス張りのロビーは広くて明るく、壁に大きなテレビがかかっている。流れているのは、ずっとニュースと経済情報を流すチャンネルのようだった。

「ちょっと、流《ながれ》さん。酒の匂いなんとかしてくださいよ。あと、ネクタイ結ぶかはずすかどっちかにしてください」

「んあ……」

ソファの隣に沈み込んでいる先輩刑事の流は、あいかわらず二日酔いだった。無精髭《ぶしょうひげ》も伸びている。どうしてこれで有能なのかよくわからない。

「すみません。佐藤《さとう》はただいま外出しておりまして。一時間ほどで戻る予定とのことですが」

取次ぎを頼んだ受付の女の子が、カウンターから出てきて申し訳なさそうに言った。慧介はできるだけ愛想のいい笑みを作った。

「そうですか。ではこちらで待たせていただきます」

「応接室にご案内しますが……」

「いえ。ニュースが見られるので、ここで結構です」

にこりと笑うと受付嬢は微笑《ほほえ》み返してくれたが、首をのけぞらせて背もたれにもたれている流を見る目は明らかに不審そうだ。

相手が戻るまで腰を落ち着けることにして、慧介は手帳とモバイルパソコンを取り出した。どうせ流は沈没しているので、ここで休憩がてら聞き込みのメモをまとめようと思った。

「加納……ウコンドリンク買ってきて」

隣から呻《うめ》き混じりの声がした。

「嫌ですよ。仕事中だし」

「どっかそこらへんにコンビニあるだろ」

「自分で行ってきてください」

「てめえ。生意気な。オレの番犬だろうが」

「番犬はドリンク買いに行ったりしません。流さんが群れからはぐれたら吠える役目ですよ」

「ちっ。オレははぐれ羊かよ…」

流はうっそりと背もたれから身を起こして、ぼさぼさの髪をだるそうにかき回した。羊というよりは、半ば野良犬化した猟犬だ。

「ったく、どんどん生意気になるなあ。オレの教育が悪いのかな」

「そんなこと言うならちゃんと教育してくださいよ。ろくに何も教えてくれないんだから」

「あーうるせ」

流は立ち上がって、ふらふらとロビーの玄関に向かった。

「あんまり遠くに行かないでくださいよ」

「んー」

九月も半ばを過ぎたが、日中はまだまだ暑い。オフィス街なので行くところもないらしく、流はしばらくすると戻ってきた。ソファにだらりと腰かけて足を組んで、まずいと文句を言いながらウコンドリンクを飲んでいる。ロビーを行き交う人たちがうさんくさそうに眺めていた。きっと警察関係者には見えないだろう。

『――では、次のニュースです』

流れてくるニュースを意識の端で聞きながら、慧介は捜査会議のためのメモをまとめるのに集中していた。流は会議でほとんど発言しないので、自分がしっかりしないといけない。どのくらい時間がたったのか、ふと気がつくと、隣の流が背もたれから身を起こしていた。

『――この遺体の所持品のうち、男性用の腕時計が四年前に盗難届が出ていたものと一致することが判明しました。長野《ながの》県警は身元の確認を急ぐとともに、当時頻発していた別荘荒らしとの関連を――』

「流さん？」

流が真剣な目で壁のテレビを見ているのに気づいて、慧介はぎょっとした。さっきまで二日酔いでぐったりしていたのに。

警察官になってから、ニュースは種類を問わずできるだけ耳に入れる習慣ができていた。今、なんのニュースが流れていただろうか。

（えーと、そうだ、たしか数日前に長野の山中で白骨遺体が発見されて……その所持品の腕時計が四年前に盗難届が出ていたものと一致したとかなんとか）

「このニュースがどうかしましたか？」

流は答えない。食い入るように画面を見つめている。その目の奥に、鋭い光が宿っていた。

慧介は一課に入ってすぐ、流につくように上司から言われた。それ以来、上の方針に反した捜査に付き合わされたり夜中の酒場巡りに付き合わされたりしているが、こんなに真剣な顔を見るのは初めてだ。

『――さらに当時、この近くの別荘を所有していた会社経営者の女性が首を絞められて死んでいるのが見つかっており、関係者の証言から、遺体が所持していた指輪はこの女性のものである可能性が高いとみられています。警察は殺人事件との関連も視野に入れて捜査を進める方針です』

女性キャスターがなめらかに原稿を読み上げ、そのニュースは終わった。四年前の事件だからか、キャスターたちはたいしてコメントも加えず、次のニュースに移っていく。

「……加納」

変わった画面にまだ目を据えたまま、流が口をひらいた。

「はい」

「オレ、ちょっと休暇取るわ」

「はあ!?」

とんでもないことを言って、流はふらりと立ち上がった。慧介も慌てて立とうとして、膝でひらいていたパソコンが落ちそうになって焦る。

「班長に言っといてくれ」

「いや、無理ですって。待ってください、流さん！」

流はすたすたと歩いてロビーを出ていこうとする。二日酔いだったはずなのに、しっかりした足取りだ。追おうとした慧介の背中に、声がかかった。

「お待たせしました。私が佐藤ですが」

「あ、えーと、ちょっと待ってください……あっ、流さん！」

玄関を出ていってしまった流の背中と、聞き込み相手の顔を交互に見る。相手はきょとんとしていた。

（ああもう）

しかたがない。自分は流のお目付け役だが、聞き込みもしなくてはいけない。むしろ流がこんなだからこそ、ちゃんと仕事をしなくては。慧介はさっと顔を引き締めて、懐から身分証を取り出した。

「失礼しました。お忙しいところをすみません。神奈川県警の者です」


「だから流さんがいなくなっちゃったんですよ！」

聞き込みを一人で終えて、慧介は直属の上司の柏木《かしわぎ》に電話をかけていた。流は気が乗らない聞き込みはいつも慧介に任せて何もしないので、いなくても特に困ることはなかったが。

『いなくなったって、ちゃんと見張ってろって言っただろうが』

「いや、自分も仕事しないといけないんで……流さん、休暇を取るとか言ってましたが」

『休暇あ？　そんなのいきなり取れるわけがないだろう。だいたい今、帳場《ちょうば》が立ってるんだぞ』

「はあ」

柏木班長は呆《あき》れた口振りで、慧介は自分が叱られているような気分になった。だが班長は、すぐに口調を切り替えた。

『それで、流はどこに行くとか言ってなかったか？　あいつは飲んだくれで女たらしでヘビースモーカーのどうしようもない奴だが、事件に関しては鼻がきくし、意味のないことはしないんだ。何か理由があるはずだ』

「どこへ行くかは言ってませんでしたが、実は流さんがいなくなる前にテレビでニュースが流れてたんです。数日前に、長野の山中で白骨死体が見つかりましたよね。その続報でした。別荘荒らしがどうとか、女性が首を絞められて殺された事件との関連がどうとかって。そのニュースを見て、どこかへ行ってしまったんです」

『長野？』

携帯電話の向こうの班長は、ふっと黙り込んだ。

「今の事件に、長野に関連することが何かありましたっけ？」

『……』

柏木班長は黙っている。その背後で、かすかにパソコンのキーボードを叩いているような音が聞こえた。

流はとんでもない不良刑事だが、班長や同じ班の刑事たちからはそれなりに信頼されている。野放しにされているとも言うが。

『……そうか。あの事件の……』

柏木が小さく呟く声がした。

「班長？」

『加納、とりあえずおまえは聞き込みを続けろ。今日のノルマはまだ残ってるだろう。で、捜査会議にはおまえ一人で出て報告してくれ。流はどうせ会議ではほとんど発言しないから支障はない。フォローは俺がしておく』

「え、あの、流さんの方は？」

『とりあえず放っておけ。悪いが、流の分もおまえ一人でがんばってくれ。あ、あいつがいなくなってることは、うちの班の奴以外には言うなよ』

「ええ!?」

歩きながら携帯で話していた慧介は、思わず大きな声を上げてしまった。通りがかりの人がちらりと振り向く。

『いや、悪い。流が戻ってきたら文句を言っていいが、俺からも謝っておくよ。すまない』

柏木は普段から部下に高圧的な態度は取らない人だが、一番下っ端の慧介にこんな物言いをするのは珍しかった。

『だけど見逃してやってくれないか。これはたぶん……あいつの遺恨なんだ』

「遺恨?」

慧介は道の真ん中で立ち止まった。いつも好き勝手にしていて、何を考えているのかわからない流には似合わない言葉だ。

『ちょっと違うかな。そうだな……あいつが昔飲み込んだ刺《とげ》なんだ。それはたぶん、ずっとあいつの中に残っている』

「……」

『あいつが刑事になってすぐの上司が、俺の同期でな』

「は? はあ」

なんの話になったのかわからないが、とりあえず相槌《あいづち》を打って、慧介はまた歩き出した。

『今でもたまに飲むんだが、そいつからも頼まれてるんだ。あいつにはずっと追っている相手がいる。詳しくは俺も知らないんだが……流が所轄の新人刑事だった時に教育係だった人がいて、もう亡くなってるんだが、その人にとって最後の事件の関係者らしい』

ずっと追っている相手。

頭の中に、ふっと時永佐季の顔が浮かんだ。

理由も道筋もない。ただの直感だった。相手を破滅させる顔だと流が称した、あの天使のような美しい顔。

……破滅したのは誰だ？

『それで流は、四年前にも暴走した』

「暴走？」

訊き返しながら、四年前という単語はさっきも聞いた、と思った。女性キャスターの声で。

──四年前に盗難届が出ていたものと一致することが──

『長野県警に乗り込んで引っかき回したんだよ。いやもう大変だった。あいつはああなると手がつけられないんだ。それで俺は学習した。流は押さえつけない方がいい。それに猟犬としての鼻は優秀だから、放し飼いにしておけば必ず何かくわえて戻ってくる』

柏木は見た目は人畜無害そうな中年男だが、これでも県警捜査一課でひとつの班をまとめている身だ。部下の使い方は把握しているらしい。

『だからせいぜいフォローに回ることにしたんだよ。旧友からも頼まれてることだしな。長野県警の方には俺から連絡を入れておく。悪いが加納、あいつの尻拭《しりぬぐ》いをしてやってくれ』

嫌ですとは言わなかった。代わりに、訊いた。

「いったい流さんは何を追いかけてるんですか？」

『さあな。さっきも言ったが、俺も詳しいことは知らないんだ。でも流はおまえのことはけっこう気に入ってるから、もしかしたら話すかもしれん。訊いてみるといい。それでできれば──あいつを助けてやってくれ。本当に危ない時には、ブレーキになってやってほしい』

「……」

慧介がろくに返せずにいる間に、班長は『じゃあ、頼んだ』と言って通話を切った。

無理だ、と思わないでもなかった。番犬としても役目を果たせていないのに、あの流を助けるなんて。一課に入ってまだ日が浅い自分には荷が重すぎる。

それでも次の聞き込み相手のところに向かう前に、慧介は静かな脇道に入って流の携帯電話を呼び出してみた。やっぱり繋がらない。私用の番号の方にもかけてみたが、同じだった。両方とも電源を切っているらしい。

ため息をついて携帯をポケットに戻そうとした時、手の中のそれが震えて、慧介は思わず「わっ」と声を上げた。

「……日置《ひおき》検事？」

画面に表示されている名前を見て、首を傾げる。日置は横浜地方検察庁の検事だ。流の大学の同期で、友人だと聞いていた。

「はい。加納です」

『やあ。こんにちは。地検の日置です』

携帯電話の向こうから涼やかな声が流れてくる。日置は地検で一番の切れ者だと噂《うわさ》されている男だ。見た目もスマートなエリートで、流とは正反対のタイプだった。どうして友人なのかよくわからない。

『加納くん、流はそばにいるかな。携帯が繋がらないんだ』

「あー、すみません。いません」

つい謝ってしまう。さっき柏木は長野県警に連絡を入れると言っていた。ひょっとしたら、流は今頃は長野に向かう新幹線の中なのかもしれない。いつも二日酔いか飲んだくれているかのどちらかなのに、この行動力はなんだ。

『いつ戻ってくる予定?』

「すみません。わかりません……でも、もしかしたら今日は戻らないかも」

『ふうん。そう』

自分のせいではないとはいえ慧介は面目ない気持ちになったが、日置は別段気にしていないようだった。

『じゃあ、君に伝言を頼もうかな。あいつに調べてくれと頼まれていたことでね。飯田《いいだ》を逮捕したのは君だから、君にも関係あることだし』

「飯田がどうかしましたか?」

飯田は、長者町《ちょうじゃまち》のマンションで杉本麻里という女性が転落死した事件で逮捕された男だ。池袋《いけぶくろ》の路上で、慧介が手錠をかけた。今は拘置所に入っていて、麻薬取締法違反で起訴されている。

『流の予想した通りだったよ』

「何がですか?」

『飯田は一時期、横須賀《よこすか》の児童養護施設に入っていたことがある。当時、母親の再婚相手――つまり義理の父親から暴力を受けていたんだ。一時避難の形だったから数ヶ月のことで、母親はその後離婚して彼は母親の姓に戻ったから、当時は名字が違う。それで通りいっぺんの捜査では出てこなかったらしい』

「児童養護施設?」

その単語も、どこかで聞いたと思った。どこでだったっけ?

「それ、いつのことですか?」

『えーと』

ぱらぱらと書類をめくる音が聞こえた。日置は淡々と答えた。

『十三年前だね』

「……」

何か、何かがうっすらと脳裡《のうり》で形になろうとしていた。でもまだもやもやとしていてよくわからない。

だが飯田はもう送検され、逮捕監禁致死での起訴は断念されている。継続捜査はされているはずだが、一課はすでに手を引いていた。流はどうして今頃そんなことを調べているんだろう。飯田が監禁致死では起訴できないとわかっても、平然とした顔をしていたのに。

『じゃあ、流に伝えておいてくれるかな。ああそうだ、検察をあまり便利に使わないでくれと付け足しておいてくれよ』

言っておきますと慧介が殊勝に答えると、冗談だよと日置は笑った。

通話が切れても、慧介はそのまましばらくの間、脇道の路上に立ち尽くしていた。頭の中には、今の事件ではなく長者町の事件と、そこで会った時永佐季の顔が浮かび上がっていた。

流は夜になってもやっぱり戻ってこなかったが、捜査会議は滞りなく終了した。難航していた捜査だったが、どうにか目星がついたところだ。今は裏取りと証拠固めをしている段階だった。材料が揃えば、逮捕状が下りるだろう。

今日は所轄に泊まり込む必要はなかったので、会議が終わると慧介は所轄署を出た。愛用のクロスバイクを走らせて、横浜港近くの県警本部に戻る。自分の席に座り、パソコンを立ち上げた。同じ班の同僚はみんな所轄から自宅に帰ったので、近くの席には誰もいない。

詳しい捜査資料はすぐには見られないが、報道に出る程度のことなら、とりあえずインターネットで事足りる。慧介は聞き込み先で見かけたニュースをあらためて確認し、さらに同じ地域で四年前に遡《さかのぼ》って、いくつかのキーワードを入れて検索してみた。

結果はすぐに出た。ニュースで言っていた別荘荒らしについては新聞ネタにはならなかったようで、それらしいヘッドラインは見つからなかった。だが、殺人事件はもちろん報道されていた。

ひと気の少ない真冬の別荘地で、女性の絞殺死体が発見されたというニュースだ。犯人はまだ捕まっていない。数日前に男性の白骨死体が見つかった場所と、それほど離れていなかった。

その被害者の名前を見て、慧介は思わず椅子《いす》から腰を浮かせた。

「時永美名子――?」

どこにでも転がっている名前だとは思えなかった。いや、流が追っているんだから、間違いなく時永佐季の関係者だ。

日置からの電話を切ったあと、慧介はすぐに思い出した。児童養護施設に入っていたのが、時永佐季だ。佐季の美貌、モデル事務所の社長という地位、有名なモデルだったという経歴に似合わなくて、つい忘れていたが。

(……そうだ)

のろのろと椅子に腰を戻す。佐季はかつては北川《きたがわ》佐季という名前で、身寄りがなくなって施設に行ったと流が言っていた。そこから養子に行き、時永という姓になった。この時永美名子というのが、きっと佐季の新しい家族なんだろう。

その女が、死んでいる。殺されている。これが流の〝刺〟なんだろうか。

(いや、違うか)

柏木はもっと前のことだと言っていた。流が新人刑事の頃。あの流にも新人だった頃があったのだ。

『十三年前だね』

日置のクールな声が耳に甦《よみがえ》る。慧介はギシリと音を立てて背もたれに深く体を預けた。

流が新人の時に教育係だった人は、すでに亡くなっているという。だからどんな事件なのかはわからない。でも、それはおそらく繋がっているのだ。長者町の杉本麻里の転落死と。そして、四年前の長野で起きた時永美名子の事件と。

十三年前に、飯田と佐季が知り合っていたとしたら。

(だったら、どうなる?)

杉本麻里が転落した時間、佐季にはアリバイがある。そもそも事務所の社長と所属モデルというだけで、深い関係はなかった。だけど、それは佐季が言っていたことだ。麻里は誰かを強《ゆ》請《す》っていた可能性がある。もしも麻里の脅迫相手が佐季だったら――

飯田は、実行犯だ。

(待て待て。先走るな)

流にひきずられて、自分は必要以上に時永佐季を意識しているのかもしれない。落ちついて考えようと、慧介は手帳を取り出した。杉本麻里の事件に関するメモを、あらためて見直す。

飯田を逮捕したのは慧介だ。取り調べにも同席した。だから経歴は頭に入っている。

日置が言っていた通り、飯田は母子家庭育ちだ。高校卒業後いくつかの職に就いたが長続きせず、実家を出て、東京《とうきょう》で適当にアルバイトをしながらふらふらしていた。母親とは疎遠になっていた。

養護施設にいたのはほんの一時期のようだし、佐季も施設を出て養子になっている。佐季はその後モデルになって活躍し、事務所を設立して社長になった。いわゆるセレブの仲間入りを果たした佐季の経歴に、もう飯田との接点はないように思える。

手帳のページをめくる。あの事件では、解決していない疑問があった。

（薔薇だ）

杉本麻里の事件現場に現れた、赤と白のふたつの薔薇の花束。花屋の店員風の人物が赤い薔薇を届けにきたのが目撃されているが、配達可能な範囲に届けた店は見つからなかった。さらに範囲を広げても、薔薇の花束を買った怪しい人物はいない。そして死体が見つかった時、薔薇は消えていた。

司の庭でホワイト・メイディランドを見た時、花は店で買うとは限らないよなと思いついた。自宅で栽培している可能性もある。飯田の周辺に、あるいは時永佐季の周辺に、自宅に薔薇の木がある人物がいるだろうか？

関係ないのかもしれない。赤と白の薔薇が印象的で、自分がこだわっているだけなのかもしれない。きっと犯人は遠くの店で花束を買い、自分の足でマンションに運んだんだろう。だが目撃者の証言から、それが飯田ではないことはわかっている。飯田のほかにもう一人、薔薇を届けた人物がいる。

それから、麻里の転落現場に供えられていた、ホワイト・メイディランドの花束。あの花には、死者を悼む気持ちがあった。

白い花束を見つけたあと、慧介は麻里の知り合いに片っ端からあたって、花を供えたか訊いてみた。どうしてか気になって仕方なかったからだ。答えはみんなノーだった。

まったく関係のない人物が供えた可能性もないわけじゃない。けれどどうにも引っかかった。だが、同じ人物が関連しているにしては、麻里にドアをひらかせるために薔薇を使った手口と、死者を悼む行為が一致しない。ひどくちぐはぐな気がした。だからよけいに気になるのだ。

薔薇のことは頭に留めておこうと、慧介は思った。

（あと、もう一人）

杉本麻里の事件に関して、表に出ている人物はもう一人いる。

かつらとサングラスの女だ。池袋で、慧介自身が目撃している。流が追ったが逃げられた。

飯田の周辺は所轄署が洗ったはずだが、女が見つかったという報告はない。

――スタイルよくて、いい女風だったよ。

メモには桜木町《さくらぎちょう》のクラブの女の子の証言が残っている。飯田の周辺にいないなら、時永佐季の周辺にはいるだろうか？

（いる）

スタイルのいい女なら、時永佐季の周辺にはたくさんいる。なにしろモデル事務所の社長なのだ。

中でも関係が深いのは――と、そこまで考えて、慧介は愕然《がくぜん》とした。足を踏み外したような気持ちだった。頭の中が、強力なライトで照らされたみたいに白くなった。

（そうだ）

池袋で女を見た時に、何かが気にかかった。けれどほんの短い間のことで、何がひっかかったのかわからなかった。

慧介はパソコンに向き直り、今度は画像検索をした。捜したのは、モデルのリサだ。時永佐季の事務所に所属していて、今では時永の妻となった女。

画像は山のようにあったが、正面からのものがほとんどで、髪も下ろしているのが多くてよくわからなかった。あの写真を見たのは――杉本麻里の部屋だ。

佐季が現役のモデルだった頃に、リサと一緒に映っていた広告写真。リサは髪をアップにして、時永に抱きついていた。

だから、よく見えたのだ。耳の形が。

警察学校にいた頃、指名手配の写真を記憶する時は、顔形にこだわるなと現職警察官に教えられた。顔は年月や生活でかなり変わるし、整形手術をする可能性もある。人の特徴を覚える時は、年月や手術では容易に変わらない部分に着目する。中でも耳は、手術で形を変えることはまずない部分だ。どんなに顔が変わっても、耳の形が一致したら、同一人物である可能性は高い。

池袋の女はショートカットのかつらをかぶっていた。ほとんど無意識に習慣として、慧介はその耳の形を見ていた。ちょっと特徴のある耳だったから。耳朶《みみたぶ》がほとんどない、貝殻のように薄い耳。

リサの耳と、よく似ていた。

「……時永佐季」

呟いて、慧介は呆然《ぼうぜん》と目の前の画面を眺めた。モニターいっぱいに、リサの美しい顔が並んでいる。結婚報道が出たばかりなので、時永佐季と並んでいる写真もあった。

いくつもの線が、時永佐季に向かっている。

携帯電話を取り出して、もう一度流にかけてみた。やっぱり捕まらない。流の刺。それはパソコンでは調べられない。ずっと奥深く、遠い過去に潜っている。

『この蛇の胴体は長い。長く長く、ずっと遠くまで隠れてやがる』

絶対に引きずり出してやる——夜の闇を見据えてそう呟いた流の声が、脳裡に蘇《よみがえ》った。

6

ここで死んだ中根寧子の、息子ですよ。

あなたが殺した中根寧子の、と言われている気がした。

ひぐらしが鳴いている。庭は秋だ。ひぐらしはもういない。みんな死んでしまった。だから
この鳴き声は、司の頭の中だけで鳴り響いている。

「……どうして、ここに？」

「どうしてって」

男は笑みを浮かべたまま、小さく首を傾げた。笑っている。まだ笑っている。どうして笑っ
ているのかわからない。

「母が亡くなった場所を見てみたかったんですよ。当然の感情でしょう？」

どうして今頃になって。

（だめだ）

そんなことを訊いたら変に思われるかもしれない。動揺しているところを見られちゃいけな

い。

　司はそっと深呼吸をして、どくどくと激しく脈打っている心臓をなんとか鎮めようとした。けれど心臓の動きは自分の自由にはならない。

「あの、家はもう建て替えてしまったので……」

　なんとかそう絞り出した。頭の中に、階段の下で倒れていた中根寧子の映像が、映画のフラッシュバックみたいに映し出される。

　十三年間、何度も思い出した映像だった。彼女について細かいことはもうあまり覚えていないのに、その映像だけは焼きついて離れない。何度も蘇って、司を苦しめた。眠れない夜や、佐季と一緒にいる時や、つい笑ってしまった時に。

「ああ、やっぱりそうなんですよねえ」

　寧子の息子だという男――茂昭は、やっぱりへらっと笑った。楽しくて笑っているというよりは、なんだか仮面みたいにのっぺりと表情がはりついている。その下に別の表情が隠れていそうで、見ていると不安になる。

　家族のことは、寧子からほとんど聞いたことがなかった。かろうじて小学生の息子がいると聞いたことがあったくらいだ。

「なんか、大きいお屋敷だって母は言ってましたから。古いけど素敵な洋館なんだって。あんなところに住みたいってよく言ってました。部屋がたくさんあって、庭が広くて。そうそう庭がすごいんだって、自慢するみたいに言ってましたよ。見たいなあ」

茂昭は庭の方に首を伸ばす。それから笑った顔をはりつかせたまま、司を振り返った。

「庭、見せてもらってもいいですか？」

「あ——は、はい。そこから出られますから」

司が奥を手で示すと、茂昭は躊躇《ちゅうちょ》することなくすたすたと歩いていく。司はそのあとを追った。

庭は夕暮れに包まれていた。濃いオレンジジュースに熟成した赤ワインを混ぜたような、とろりとした粘度を感じる色だ。その赤の割合が少しずつ濃くなっていく。

司は庭にひとつだけある外灯の明かりをつけた。その下にあるくちなしは、今はもう花はない。

「うわ。ほんとにすげえな」

きょろきょろと首を巡らせながら、茂昭はずんずん歩いていく。司はあわててあとを追った。内心、彼を庭に入れたくはなかったが、断る口実もない。

「ここらへんお屋敷町だから、けっこう大きい家多いけど、ここらで一番広いんじゃないですか？　ねえ」

「家を小さく建て替えたので……。昔はもう少し庭は狭かったですけど」

「それでも広いよなあ。敷地削ってないんでしょ？　ここらへん地価高いでしょう。土地だけでもすごくするんじゃないですか？」

「さあ…」

茂昭は饒舌《じょうぜつ》で、不躾だった。歩きながら、花の咲いている枝を引っ張ったり、繁みを覗き込んだりしている。花に興味はなさそうだった。なんだか庭を踏み荒らされている気がして、嫌な気分になった。

「値段知らないんですか？　ああそうか。おじいさんから遺産でポンともらったんですもんね。でも相続税だってかかったでしょう。それ払えちゃうくらい、現金資産もあったんだ。すごいなあ」

茂昭はさっきから金のことばかり言っている。気のせいじゃない気がした。悪意を感じる。

「僕ね、中学に上がった頃、当時の報道を図書館で調べたんですよ。母が死んだ時はまだ小さかったけど、やっぱり親が死んだ状況って気になりますもんね。それも他人の家で死ぬなんて」

「……」

「見なければよかったと思ったなあ」

夕暮れはどんどん赤の度合いを増し、今ではあたり一面燃えるようだ。頭の中でひぐらしが鳴いている。長く長く尾を引いて、いつまでも残響がこびりつく。

「だってそうでしょう。親戚の家に入り込んでそこの家の金を盗んで、愛人を作って貢いで、あげくその男と仲間割れして殺されちゃうなんて。最低の女じゃないですか？　もうボロクソですよ」

茂昭はわざと露悪的な言葉を選んでいるように思えた。彼が履いているスニーカーが、下生えにまぎれてひっそりと咲いていたチョコレートコスモスを踏みにじった。

「……あの事件以来、うちはめちゃくちゃで」

あたりはどんどん暗くなっていく。ひとつしかない外灯は二人がいる場所までは届かず、司に背中を見せた茂昭の表情はわからなかった。

「あの頃は何がなんだか、どうしてお母さんが死んだのかよくわかってなかったけど、今から思えば父が荒れて当然ですよね。母は被害者とはいえ悪人の扱いでしたから。母があんな死に方をして、職場でも変な目で見られるようになって、父は会社を辞めました」

「……」

「酒を飲んで祖母と罵《ののし》り合ったり、あまり家に帰ってこないようになって……父と祖母が喧嘩《けんか》を始めると、僕は怖くて部屋に隠れていた」

中根寧子の家族がその後どうなったのかなんて、司は知らなかった。考えたこともなかった。

「それに、僕も学校でいじめられました。同級生は僕と同じでよくわかってなかったと思うけど、ああいうのって親の態度が伝染しますからね。親が噂して、それが子供にも伝わって、僕は犯罪者の子供みたいな扱いを受けた。……母は被害者なのに」

茂昭は薔薇のアーチの前で立ち止まった。

庭一番のビューポイントを作っている四季咲きのホワイト・メイディランドは、まだ花が咲いていた。花つきがよく、秋の終わりまで咲き続ける薔薇だ。ただ、花の勢いは少し落ちていた。盛りの頃は白いフリルのような花が次から次へと惜しげもなく咲き誇り、それが枝垂《しだ》れ落ちて美しい滝を作っていた。今は夏に疲れてひと休みしているように、秋の庭にしっとりとした白を添えている。

「……音澤さんは」

「えっ」

急に名前を呼ばれて、茂昭の後ろをうなだれて歩いていた司は顔を上げた。

「事件のあと、どうしてたんですか？　おじいさんと二人暮らしで、おじいさんもあの時亡くなったんですよね」

「学校の寮に入ってました」

「へえ。どこの学校ですか？」

司が校名を答えると、茂昭は「金持ち私立だなあ」と言った。口調自体は軽いものだったが、はっきりと嘲《あざけ》りを感じた。

「それで卒業して寮を出て、ここに戻ってきたんですか？」

「そうです」

「で、家を建て直して、開業かあ。すごいな。それもおじいさんの遺産があったからですよね」

それはその通りなので、司はうつむいて黙っていた。

「うちはね、父が会社を辞めたことは言いましたよね？　当時はほんとに大変でしたよ。家だって賃貸マンションだったから、もっと安いところに引っ越して」

「……」

「でもまあ、なんとか再就職したんです。給料はがくっと落ちたみたいでしたけどね。それでしばらくして、祖母が亡くなって」

そうですかと相槌を打つのも場違いな気がして、司は黙って聞いていた。彼がどうしてこんなことを延々自分に話すのかわからない。

「父と二人きりの家は、そりゃもう暗くて……父は酒の量が増えたままでしたし、ろくに会話もなかった。僕は小学校でいじめられて、中学の時は母の記事を読んで暗かったから、やっぱりいじめられて、高校ではとうとうひきこもりになりました」

悲惨な内容を、茂昭は淡々と話す。夕焼けは次第に明るさを失って藍色《あいいろ》に取って代わり、庭はもうずいぶん暗かった。

「それでもなんとか単位を取って、卒業はしたんですよ。でもひきこもりだから、進学も就職もできなくて。そしたら親父に家を追い出されましてね。学校も行かず働きもしない奴に食わせる金はないって、叩き出されたんですよ」

司はますますうつむいた。さっき自分の生活について聞かれたのは、比べるためだったんだろうと思った。

「母親がいたら、さすがにそんなことはされなかっただろうけど。世間ではひきこもりをかばうのはたいがい母親ですもんね。……ああでも、母が生きてたら、僕はひきこもりになんてならなかったですよねえ」

クックッと、喉の奥にこもったような笑い声が聞こえた。

もう気のせいじゃなかった。あたりは暗く、茂昭は背中を向けたままなので顔は見えない。でも、はっきりと悪意を感じた。手でさわれるくらいに。

いや、悪意じゃない。きっと――憎しみだ。

「アパートの敷金礼金だけは払ってくれたんで、なんとかバイトで食いつないでるんですけどね。ま、おかげでどうにかこうやって人前には出られるようになりましたよ。外に出ないと飢えて死にますもんね。親父とはもうほとんど会ってないけど」

茂昭はゆっくりと振り返った。

けれど表情はわからない。今夜は月も星もなかった。庭を覆う鬱蒼《うっそう》とした緑が風にざわざわと騒いでいる。

「狭いアパートで夜中に一人でいると、自分はなんでこんな生活をしてるんだろうってしみじみ思いますよ。高校の同級生はみんな大学に行ったり専門学校に行ったりして、楽しく過ごしてるのにね。街でそういう奴らとすれ違うと、死にたくなります。自分がみじめで」

茂昭の笑いが仮面みたいに見えるのは、きっと本当に仮面なんだと司は思った。それを顔にはりつけておかないと、人前に出られない。

彼をそんなふうにしたのは──司だ。

「……そうしたら、この間」

茂昭の口調が変わった。今までは常に空笑いのような自嘲《じちょう》じみたものが声に混じっていたのに、ふっと温度が下がった。

「母の形見を見つけて」

司は急に、ひどく怖くなった。ドライアイスの冷気が下から昇ってくるように、怖くてしかたのない気持ちが足元から這い上がってくる。

あらためて、思った。彼はここに何をしにきたんだ?

「父と母の仲は事件の前から冷えてたんで、父は母の物なんか見たくもないって言って、ほとんど捨ててしまったんですよね。会社を辞めるはめになったのは母のせいですし。それでも僕には母親ですから……いくつかは、捨てられる前に父の目を盗んで取っておきました。その中に、ピアスがあった」

どくんと大きく、心臓が鳴った。

あのピアス。きらきらした赤い石がたくさんついていた。

佐季があの時、家に帰って取ってきたピアスを寧子の片耳につけていたのは、司も覚えていた。司は怖くて遺体に近寄ることもできなかったのに。どうしてそんなことをするのと訊いても、佐季は教えてくれなかった。

あのピアスがなんだったのか、司は今でもわからない。家に来た刑事は、子供の司には詳しいことは教えてくれなかった。

でも、怖い。怖くて怖くてたまらなかった。目の前の男も——佐季も。

「音澤さんは覚えてますか？　死んだ時、母の耳にはピアスがついていたんですよ。それも、片方だけね」

頷くことも首を振ることも、できなかった。司は人形のように固まっていた。茂昭は司が無反応でも気にせず、べらべらと喋り続ける。

「親父はそんなもの捨てちまえって言ったんですけどね。でも僕にはできなくて……だって、母が最期に身につけていたものなんですから。でもいい思い出があるわけじゃないから、小さな箱に入れて引き出しの奥に入れっ放しにしていました。目にしたくない、でも捨てられない、そんな感じで」

「……」

「この間、探し物をしていたらそれを見つけたんです。僕ももう大人になりましたから、改めてよく見てみました。派手なピアスだなあと思った。僕は当時子供だったし、男だから母のアクセサリーになんて興味はなかった。母はこんなのしてたんだなあって思いました。……でも」

ああだめだ、と司は思った。

茂昭がこれから何を言おうとしているのかはわからない。でも、彼がここへ来た理由はわかった気がした。

……きっと、復讐《ふくしゅう》だ。

「そのピアスを見ていて、急に思い出したんです。記憶って不思議ですよね。長い間ずっと忘れていて、自分がそんなことを知っていることも知らなかったのに、ピアスを見ていたら思い出したんです」

茂昭はそこで言葉を切って、もったいつけるように黙り込んだ。黙って、司を見ている。耐えきれなくなって、司は口をひらいた。

「何をですか?」

茂昭はふっと息を吸い、その息を吐き出すようにして、言った。

「母が金属アレルギーだったってことですよ」

一瞬、何を言われたのかわからなかった。頭の中が混乱した。

「え?」

「女の人にはけっこうあるそうですね。安いメッキや合金のアクセサリーをつけると、肌が赤くなったりかぶれたりするんだそうです。純金やプラチナだとかぶれない。贅沢《ぜいたく》ですよねえ」

「……」

「母は独身の頃はアレルギーなんてなかったそうです。だからピアスホールをあけて、安いピアスもつけられた。でも子供を産んでから、体質が変わったんだそうです。僕が生まれてから、母は安いアクセサリーはつけられなくなった。ピアスなんて耳に開けた穴に通すわけですから、てきめんだったんでしょう。すぐに赤くなって、かぶれて爛《ただ》れてしまうって言ってました」

最初は混乱した頭の中に、じわじわとではなく急に、すとんと認識が落ちてきた。いっぺんにわかった。鳥肌が立った。

(怖い)

「それで、母はあまりピアスをつけなくなった。母が二十四金のネックレスを買った時だったかな、それを見せて教えてくれたんです。安いものはつけられない体なのよって。僕は小学生でしたから、ふうんと言って忘れていた。父も母が金属アレルギーだってことは聞いていたと思うけど、きっと忘れてしまったんでしょうね。父は母に関心がなくなっていたし、事件のあとは強いて忘れるようにしてたみたいですから。でも僕は、思い出した」

もうだめだ。怖くて怖くてたまらない。

司は立っていられなくなりそうだった。茂昭がどんな目で自分を見ているのかわからない。

あたりは暗く、月も星もない。暗闇の中に二人きりだ。

小道の石畳を踏みしめる音がして、茂昭が数歩近づいてきた。

「母の形見のピアスは、どう見ても安っぽいメッキだった。一応ね、アクセサリーショップに行って見てもらったんですよ。ひと目見ただけで、メッキだって言われました。母はなんでこんなものを持っていたんだろうって考えました。誰かからのプレゼントかなって一瞬思ったけど、それでも身につけたりしないはずですよね。かぶれるってわかってるんだから」

司がうつむいている間に、気がつくとずいぶん近くまで茂昭が来ていた。反射的に顔を上げる。

あたりは暗くても、すぐ近くに立った男の顔は見ることができた。茂昭はもう笑っていなかった。仮面の下の顔が剝き出しになっている。

その顔は、無表情だ。なんの表情もない。でも目だけは、鋭く刺すように司を見ていた。

「……僕、警察署に行って、母の遺体写真を見せてもらったんですよ」

司は目を見開いた。

「え――」

「十三年前のものでも、ちゃんと保管されてるんですね。最初は渋られましたけど、実の息子ですから。食い下がったら、見せてくれました」

司は自分の血が足元にすうっと下がる気がした。かわりに、冷たいものが這い上がってくる。

それは冷たい鱗《うろこ》を持った蛇に似ている。

「母の耳は、かぶれたり爛れたりしていなかった。……つまり」

一拍おいて、茂昭は言った。無表情に。

「死んだあとにつけられたってことですよね」

7

静かな夜の住宅街に、ぽつんと小さな明かりが灯っていた。

司が経営している『Secret Garden』は、仕事を終えた慧介がジローと散歩に来る頃にはすでに営業を終了している。今日もかなり遅い時間だ。なのに、店の明かりがついたままになっていた。

「──司?」

いつもと違うというのは、それだけで異常事態だ。条件反射的に警察官のセンサーが反応した。

山手町でこれだけ土地がある家で、司は一人暮らしだ。家にあまり現金は置いていなさそうだが、セキュリティはしっかりしているとは言えなかった。現に、慧介も塀を乗り越えて庭に忍び込んだことがある。店のガラス戸の鍵も開いていて、慧介は青くなって店の中に飛び込んだ。

「司!」

明かりのついた店の中に、司の姿はなかった。

反射的にレジスターを見たが、現金の入っている引き出しはきちんと収納されている。店の中も散らかったりしていなかった。いつも通りだ。

「司……いるのか？」

それでも夜中まで店を開け放している状態に安心はできなくて、慧介は警戒しながら二階に続く階段を上がった。キシキシと音が響くほど、家の中は静まり返っている。

二階は司の住居になっている。階段を上りきると、部屋は真っ暗だった。

手探りで明かりをつける。誰もいなかった。衝立の後ろのベッドや、トイレ、バスルームを見てみたが、司の姿はない。部屋はがらんとしたワンルームだ。家具も少なく、人が隠れられるような場所はない。

「あ、庭か？」

司はよく真夜中に庭に出ている。何をするでもなく、ぼんやりしているらしい。だから祖母が飼っている犬のジローを庭で遊ばせてもらっていたのだ。今日はジローは寝ていたので連れてきていない。慧介は一階に下りた。店の奥から庭に出るドアの鍵も、開いたままだった。

「司」

名前を呼びながら、庭に出る。庭にはひとつだけ外灯が灯っていた。司の庭はただでさえ鬱蒼と緑が生い茂っている。夜にはそれが濃い闇を作る。周囲の家の明かりや道路の街灯も届かず、庭はひとつの閉じられた世界になる。

だんだん不安になってきて、広い庭を小走りに捜した。小道を曲がってホワイト・メイディランドのアーチが見えるところに来て――見つけた。

「――司！」

司は小道の脇に置かれたベンチに座っていた。ほっとして、慧介は駆け寄った。

「司、どうしたんだ？　店のドア、開けっぱなしだったぞ。明かりもついたままだったし……司？」

司は肘《ひじ》を膝に乗せて、両手で顔を覆っていた。慧介が近くに立っても、身動きひとつしない。外灯の光もあまり届かない場所だ。慧介はしゃがみ込んで司の顔を覗き込んだ。

「おい、どうした？」

司の様子は明らかにおかしかった。両手が顔をぴったり覆っていて、目を開けているのか閉じているのかもわからない。慧介が肩に手を置くと、ようやくびくっと震えた。

「……」

のろのろと手を下ろして、顔を上げる。

目が慧介を捉えたが、その顔色はひどく悪かった。まるで幽霊でも見たかのように、血の気のない真っ白な顔をしている。

「司、どうしたんだ？　大丈夫か？」

「……慧介、さん」

司が自分の名前を呼んだので、慧介はとりあえずほっとした。顔をばさりと覆った髪をかき上げて、暗がりの中で覗き込む。ひたいに手をあててみた。

「どうした？　具合いでも悪いのか？　店が開けっ放しだったからびっくりしたよ」

「あ……そうだ、店、閉めなくちゃ……」

司はのろのろと立ち上がろうとした。とたんに、ふらりとふらつく。慧介は慌てて細い身体を抱きとめた。

「熱でもあるんじゃないのか？」

「だ……大丈夫。立ちくらみしただけだから」

司は慧介の胸を押し返して、どうにか自分で立とうとする。慧介から離れようとする仕草にも見えた。

「立ちくらみって。ちゃんとメシ食った？」

「あ……そういえば食べてない」

「もう夜中だぜ。何かあったのか？」

「……」

司は何も答えず、目を逸らして地面を見ている。気にはなったが、体調が先だ。自分で立とうとするのにかまわず、むりやり司の腕を肩に回した。身長差があるので、半ば抱える形になる。

「け、慧介さん」

「とりあえず、メシだ。俺が何か作るよ」

「そんな……いいよ。自分でやるから」

「まともに立ち上がることもできないくせに、文句言わない」

「……」

司は慧介より二歳年下だが、普段は一人で店を経営して、ガーデンデザインの仕事もしている。しっかり者というタイプではないが、ひと通りなんでもできる方だ。けれど今は、寄る辺ない子供みたいに思えた。

肩と腰を支えて、階段を上がる。とりあえず司をソファに座らせて、慧介は一階に戻って戸締まりをした。戻ってくると、司は同じ姿勢で悄然《しょうぜん》とソファに座っている。目はひらいていても、何も見ていなかった。

いろいろと問いつめたいのを我慢して、キッチンに入った。料理は得意ではないけれど簡単なものならできるので、冷蔵庫の中にあるものでスープを作った。パンを添えて、司の前のローテーブルに置く。

「司。ほら、食べて」

司はのろのろと顔を上げた。温かそうな湯気を上げる皿を、じっと見つめる。すぐにまたうつむいた。

「もう秋なんだから、夜は冷えるだろ。そんな薄着でいつまでも庭にいちゃだめだよ。とりあえずそれ食って、風呂に入った方がいい」

「……」

司はいつまでたってもスプーンを手にしようとしなかった。慧介はテーブルの向かいから司の顔を覗き込んだ。

「司?」

「――慧介さん」

目元は前髪に隠れてわからないが、名前を呼んだあと、司がきゅっと唇を噛《か》んだのが見えた。

司は顔を上げた。夜の闇より暗い目をしていた。その目で慧介をまっすぐに見つめて、言った。

「もうここへは来ないでくれませんか」

「え――」

絶句して、司の顔を見た。

目は慧介を見ている。けれどまるで自分が映っていない気がした。暗い深い瞳の奥に何があるのか、底が知れない。

「……どうして?」

司は短く息を吸い、一気に言った。

「もう会いたくないからです」

嘘だ、と思った。自分が彼に好かれていると自惚《うぬぼ》れているわけじゃない。けれど、あまりに急に態度が変わっている。慧介はテーブルを回り込み、司のすぐ前に膝をついた。

「……何かあった？」

間近で見つめると、司はさっと横に視線を逸らした。

「……」

「何かあったんなら、話してくれよ。俺が何か気に障ることをしたか？」

「そんなんじゃありません」

敬語に戻っている。背けた顔も硬くした体も、全身で慧介を拒絶していた。けれど、膝の上で握った拳《こぶし》が小さく震えている。何かを怖がっているみたいに。

「司……何を怖がっているんだ？」

びくっと拳が震えた。きつく嚙み締めている唇もかすかに震えている。

「ちゃんと理由を言ってくれよ。そんなんじゃ納得できない。司、ちゃんと話をしよう。こっちを見てくれよ」

肩をつかんで、こちらに顔を向けさせようとした。そのとたん、強い勢いで腕を振り払われた。

「だからもう会いたくないって言ってるじゃないですか！」

「――」

息を吞んだ。振り払われた勢いで背中がテーブルにぶつかって、スープがこぼれてパンが床に落ちた。

「……帰ってください」

慧介が言葉を失くしている間に、司はソファから立ち上がった。バスルームの方に向かって歩き出す。けれど、まだその足元が心許ない気がした。慧介は立ち上がって追いつき、その腕をつかんだ。

「待ってくれよ」

「……放してください」

むりやり振り向かせたが、司は下を向いて頑として顔を上げようとしない。揉《も》み合いのような形になった。

「司」

「放してください…っ」

「なんでだよ！　俺のこと、嫌いになったのか？」

びくっと身体全体が震えた。うつむいたまま、震える声が漏れた。

「……嫌いだ」

心臓がぎゅっと痛んだ。その痛みに、いつのまにこんなに彼のことを好きになっていたのかと思う。

「――嘘だ」

「う、嘘じゃない……」

「嘘だ。嘘だろ」

「じゃあ俺の目を見て言えよ！」

肩をつかんで顔を覗き込もうとすると、司はいやいやをするように暴れた。子供みたいだ。

「……ッ」

振り回した手が慧介の胸や顔にあたる。

けれど力でも体格でもこちらが上だ。慧介は暴れる司の両手首をつかんで、壁に押しつけた。

そして、まだ慧介を見ようとしない司に下からすくうように口づけた。

「……っ」

唇が触れたとたん、司は感電したように大きく震えた。かまわず深く重ね合わせると、ふっと身体から力が抜けた。

(ほら見ろ)

それほど経験豊富な方じゃないし、嫌がる相手にむりやりキスをしたことなんてない。でも、唇から伝わってくるものが拒絶じゃないことはわかった。舌の先が触れると、恐れたように引っ込む。だけど、熱い。舌を中に差し入れると逃げたそうにしながら、それでもおずおずと絡みついてきた。

「ん……」

溺《おぼ》れる人間がすがるように、手が慧介のスーツをつかむ。司の体温が上がるのがわかった。

触れている箇所から、熱いものが流れ込んでくる。表面はひんやりしているのに、司の中はいつも熱い。燃えるように。

「……」

唇を離すと、司はさらに深くうつむいた。

「――好きだよ」

頬《ほお》に手を触れて囁《ささや》くと、ぴくりと肩が浮いた。

「俺は君が好きだ」

「……俺は……」

たった今キスをした唇が震えていた。唇は濡れて頬がほんのり上気しているのに、寒がっているみたいに。

司は顔を上げた。濡れた黒い石のようにきらきらと光る瞳が、まっすぐに慧介を捉えた。

「嫌いです」

言った瞬間、両の瞳からすうっと涙がこぼれ落ちた。

「――」

何かまったく別のことを言われている気がした。心臓に、直に響いた。

いかないで。

それとも――

（怖い）

次の瞬間、司はいきなり両手で思いきり慧介を突き飛ばした。

「わっ」

不意を衝かれ、よろめいて腰を落とす。司はその隙にさっと身を翻し、すばやくバスルームに駆け込んだ。カチリと音がする。バスルームは中から鍵がかけられるらしい。

「司……！」

慧介はバスルームのドアを叩いた。曇りガラスが入っているが、中は暗い。しばらく叩いても動きはなかったが、やがて中から掠《かす》れた声がした。

「帰ってください」

「司」

「帰ってください、お願いだから……っ」

泣いている。でも、そばに行けない。

バスルームの鍵なんてたいして頑丈なものじゃない。壊そうと思えば、いくらだって壊せる。でも、司との間を隔てるものは、ドア一枚じゃない気がした。それがなんなのかわからなくて、どうしたらいいのかわからなくて、慧介はただドアの前で立ち尽くした。

鍵のかかったドアの向こうから、押し殺したような泣き声が聞こえてきた。

あとがき

こんにちは。高遠琉加《たかとおるか》です。『神様も知らない』の二巻目を無事に出すことができて嬉しいです。

三巻で終わりの予定なので、序破急で言うと破なんですが、あまりきっちり構成とか考えないので……二巻は過去の割合が多いです。ほぼ流《ながれ》と佐季《さき》が主役な感じです。その後、司《つかさ》と慧介《けいすけ》に戻りますが、三巻は全員でメインになるかな。メインキャラが多くてすみません。

バレているかもしれませんが、私のお気に入りは流です。流の若い頃を書くのは楽しかった。熱血新人刑事ですよ！　現在パートに戻ったら、「ウコンドリンク買ってきて」とか言ってますが。時の流れって残酷ですよね。

過去パートの司と佐季が十三歳で、現在パートでは二十六歳です。少し前に、全員サービス小冊子『Chara Collection EXTRA2012』が申し込まれた方のお手元に届いたかと思いますが、私は本作の番外編を書かせていただきました。そっちではちょうど二つの時の中間な感じで、司たちが高校生の時の挿話になっています。流は所轄から本部に異動したところ、慧介は大学生です。楽しんでもらえたら嬉しいです。

個人的に、流の若い頃のイラストが楽しみです。使用前、使用後、みたいな感じで。表紙は

Chara キャラ文庫　愛読者アンケート

◆この本を最初に何でお知りになりましたか。
①書店で見て　②雑誌広告（誌名　　　　　　　　　　　　　　　　　　　　　）
③紹介記事（誌名　　　　　　　　　　　　　　　　　　　　　　　　　　　　）
④Charaのホームページで　⑤Charaのメールマガジンで
⑥その他（　　　　　　　　　　　　　　　　　　　　　　　　　　　　　　　）

◆この本をお買いになった理由をお教え下さい。
①著者のファンだった　②イラストレーターのファンだった　③タイトルを見て
④カバー・装丁を見て　⑤雑誌掲載時から好きだった　⑥内容紹介を見て
⑦帯を見て　⑧広告を見て　⑨前巻が面白かったから　⑩インターネットを見て
⑪その他（　　　　　　　　　　　　　　　　　　　　　　　　　　　　　　　）

◆あなたが必ず買うと決めている小説家は誰ですか？
［　　　　　　　　　　　　　　　　　　　　　　　　　　　　　　　　　　　］

◆あなたがお好きなイラストレーター、マンガ家をお教え下さい。
［　　　　　　　　　　　　　　　　　　　　　　　　　　　　　　　　　　　］

◆キャラ文庫で今後読みたいジャンルをお教え下さい。
［　　　　　　　　　　　　　　　　　　　　　　　　　　　　　　　　　　　］

◆カバー・装丁の感想をお教え下さい。
①良かった　②普通　③あまり良くなかった
理由［　　　　　　　　　　　　　　　　　　　　　　　　　　　　　　　　　］

◆この本をお読みになってのご意見、ご感想をお聞かせ下さい。
①良かった　②普通　③あまり面白くなかった
理由［　　　　　　　　　　　　　　　　　　　　　　　　　　　　　　　　　］

ご協力ありがとうございました。

POSTCARD

50円切手を貼ってね！

105-8055

東京都港区芝大門2−2−1
㈱徳間書店
Charaキャラ文庫 愛読者 係

徳間書店Charaレーベルをお買い上げいただき、ありがとうございました。このアンケートにお答えいただいた方から抽選で、Chara特製オリジナル図書カードをプレゼントいたします。締切は2013年3月31日（当日消印有効）です。ふるってご応募下さい。なお、当選者の発表は発送をもってかえさせていただきます。

ご購入書籍タイトル

《いつも購入している小説誌をお教え下さい。》
①小説 Chara　②小説 Wings　③小説ショコラ　④小説 Dear+
⑤小説花丸　⑥小説 b-Boy　⑦月刊リンクス
⑧その他（　　　）

住所 〒□□□-□□□□ 都道府県

フリガナ
氏名　**年齢**　歳　女・男

職業 ①小学生　②中学生　③高校生　④大学生　⑤専門学校生　⑥会社員　⑦公務員　⑧主婦　⑨アルバイト　⑩その他（　　　）

※このハガキのアンケートは今後の企画の参考にさせていただきます。ご記入いただいた個人情報は当選した賞品の発送以外では利用しません。

ぜひ流のピンで！　と言ったら担当様に却下されましたが…。貴重なかっこいい頃なのに(泣)。でも使用後の流も崩れた色気があって好きです。司と佐季の小さい頃も楽しみです。

イラストレーター様にとっては、キャラが多くて、なおかつ時間のスパンが長くて大変かと思いますが、イラストの高階佑《たかしなゆう》様、前巻に引き続きたいへんお世話になりました。ありがとうございました。ラスト一冊、どうぞよろしくお願いいたします。

担当様。私の話の作り方が（というか頭の中が）行きあたりばったりなので、ご苦労されていると思いますが、引き続き脱線しそうになったら軌道に戻してもらえると嬉しいです。お世話になりました。

ここまで読んで下さった方々、ありがとうございました。もうここまで来たら、ついでと思って最後までおつきあい願えると嬉しいです。

それでは、また。

高遠琉加

この本を読んでのご意見、ご感想を編集部までお寄せください。

《あて先》〒105－8055 東京都港区芝大門2－2－1 徳間書店 キャラ編集部気付

「楽園の蛇」係

楽園の蛇

【キャラ文庫】

■初出一覧
楽園の蛇……書き下ろし

2013年1月31日　初刷

著者　高遠琉加
発行者　川田　修
発行所　株式会社徳間書店
〒105-8055　東京都港区芝大門2-2-1
電話048-451-5960（販売部）
03-5403-4348（編集部）
振替00140-0-44392

印刷・製本　図書印刷株式会社
カバー・口絵　近代美術株式会社
デザイン　百足屋ユウコ

ISBN978-4-19-900699-9